张莉 著

持微火者

[修订版]

人民文学出版社

图书在版编目(CIP)数据

持微火者／张莉著.—修订本.—北京：人民文学出版社，2022
ISBN 978-7-02-016959-7

I.①持… II.①张… III.①中国文学—当代文学—文学评论 IV.①I206.7

中国版本图书馆 CIP 数据核字(2021)第 240654 号

责任编辑　徐晨亮
装帧设计　黄云香
责任印制　任　祎

出版发行　人民文学出版社
社　　址　北京市朝内大街 166 号
邮政编码　100705

印　　刷　三河市宏盛印务有限公司
经　　销　全国新华书店等

字　　数　163 千字
开　　本　880 毫米×1230 毫米　1/32
印　　张　9.25　插页 3
印　　数　1—5000
版　　次　2022 年 8 月北京第 1 版
印　　次　2022 年 8 月第 1 次印刷

书　　号　978-7-02-016959-7
定　　价　55.00 元

如有印装质量问题，请与本社图书销售中心调换。电话：010-65233595

我忍不住梦想一种批评，这种批评不会努力去评判，而是给一部作品、一本书、一个句子、一种思想带来生命；它把火点燃，观察青草的生长，聆听风的声音，在微风中接住海面的泡沫，再把它揉碎。它增加存在的符号，而不是去评判；它召唤这些存在的符号，把它们从沉睡中唤醒。也许有时候它也把它们创造出来——那样会更好。下判决的那种批评令我昏昏欲睡。我喜欢批评能迸发出想象的火花。它不应该是穿着红袍的君主。它应该挟着风暴和闪电。

——米歇尔·福柯[①]

[①] 米歇尔·福柯：《权力的眼睛——福柯访谈录》，严锋译，上海人民出版社，1997年版，104页。

审美信任最珍贵

（修订版自序）

一

每次阅读都是寻找，每次阅读都是跋涉，每次阅读都是辨认。

漫长旅途，如果运气够好，会遇到同路人的，那就有如荒原游荡后的久别重逢——当我们终于照见似曾相识的面容，听到久远而熟悉的言语，触到频率相近的心跳……真是再开心不过的事。也许就是一秒、一瞬，但已足够。它瞬间便可照亮我们的生活。它使我们在这凡俗麻木的人生途中突然醒来：原来这些文本里潜藏着不安稳的心；原来在或平庸、或苍白、或荒诞诡异、或众声喧哗的现实面前，竟也有一些不妥协的、不服从的、致力于改变、致力于完善、致力于搏斗的心灵在呼喊。这呼喊有如暗夜中的微火，当然微弱而偏僻，就像千百年文学作品的本来面容一样，却也明亮迷人，给夜行人以温暖的安慰。

这里的文字，多数写于2010年之后，风格趋近一致，是我对此刻我们时代那些偏僻声音的收听、记录、辨析和欣赏。我试图将我们时代最独特的微火聚拢，使其成为某种光亮：在这个光亮面前，我希望看到此时此刻作为人的自我、认清作为人的自身。本书的言说方式竭力摒弃"论文腔"而追求生动亲切，写作文体靠近"随笔"而非严格意义上的文学论文，这是我近年来的写作追求。

二

上面的话来自2015年我为《持微火者》初版所写的自序。算起来已过去了六年，今天重读，每一句话依然都是我想说的。那时候我对文本中的"微火"意象极为着迷，只有从文本中感受到某种光亮和触动，我才可以写下自己的感受。当然，六年过去，我对文学批评这个职业，也有了新的感慨和认识。

我越来越意识到，整个社会对文学批评的信任度正在下降，与此同时，今天，作为文学批评从业者，给予一部新作品恰如其分的判断也的确变得非常难。比如，当我们讨论一部作品优秀时，我们是在何种尺度里说它好？是放在现代以来的文学框架里，还是中国古代以来的文学框架里，又或者是和国外的同代作家相比呢？还比如，如果这位新作家模仿了最新的拉美、欧洲或者日本文学作品，如果这位作家从最新的美剧、韩剧里获得了灵感，批评家又该如何评价他的作品？作家的涉猎面宽广了，相应地，对批评家的要求也越来越高。今天的文学批评，要求批评家要有广泛的阅读，要有敏锐的视野，要有雅正的趣味，要有审慎的态度。

我知道，很多批评家同行越来越倾向于不给一部作品下判断，但我对这种看法存疑。我的看法是，现场文学批评是文学史的重要组成部分，它是奠定一部作品文学史地位的第一个声音；文学批评家的判断意味着一种标准与尺度，它很珍贵。

今天的文学评价标准是多元的，有豆瓣评分，有网友投票，有发行量指标，更有各种各样的大数据支持。有如此多的数据，还需要批评家的判断和评价吗？这是一个问题。但这也不是一个问题。有许多标准是由机器计算出的点击量和平均值，这与真正的艺术判断无关。越是在大数据流行的今天，批评家越应有自己的判断和主体性。今天更需要无数文学批评同行共同努力，建立一个文学的尺度、一个雅正的文学标准，给未来的文学史写作留下我们这个时代批评家的声音，让未来人们读今天的文学作品时，不仅能看到数据、看到网友感受，也能看到严肃的来自批评从业者的判断。

想到朱自清。1929年，朱自清在清华大学国文系课堂上开始讲授"新文学"。在他的讲义里，既有鲁迅、沈从文，也有冯文炳、叶绍钧、丁玲的作品。这意味着，他将自己的文学同行、将正在发生着的中国文学带到了课堂上。这是冒风险的选择，可能会让许多人认为时间间隔不够，今天看来却是深有价值。朱自清是给现代作家垫下第一块评价基石的人。九十年过去，我们如此感兴趣他的评价，他为何如此评价鲁迅、如此评价沈从文、如此评价老舍……不得不说，朱自清当年的拓荒工作有着重要的文学史意义，他的判断深刻影响了后来者的认知。

我的意思是，每一段文学史都不是自然形成的。它是由不同阶段、不同年龄和不同身份的文学批评家共同努力写成的。文学批评家最重要的工作是以自己的现场判断参与文学史的建构。

三

当然，整个社会对文学批评的审美信任度下降，也在于批评家自身的表达。学院化体制导致很多批评家已经不以"人的声音"说话了，大家似乎不约而同地喜欢"论文腔"。这也是许多作家说看不懂当下文学批评的原因，甚至批评家同行也说自己不看文学批评。

好的文学批评应是平易近人、娓娓道来的。今天的文学批评以使用一种"非人的声音"写作为荣，这意味着批评家不把普通读者视作自己的理想读者、不再看重批评文字与广大读者之间的沟通。用什么样的语言和腔调与读者沟通，也代表了批评家如何理解文学批评的功用。当文学批评乐于"躲进小楼成一统"，是需要每位批评从业者反省的。

批评家与作家之间，不是粉丝与偶像的关系，不是追随者与被追随的关系，他们是同行与同道关系。他们之间需要真挚坦诚、直言不讳。在一个采访中，李敬泽谈起过一个观点，"作家要让同时代的聪明人服气"，我深以为然。事实上，一位优秀批评家也要让同时代的聪明人服气——他要让同时代读者相信他的每一个评价、每一个判断；他要有能力让作家们相信他说的那部作品是真的好，要让批评同行认可他给予的作品评价并不浮夸。这样的信任并非一时一事，这样的信任需要终生积累——作为批评从业者，要时时刻刻有反省精神，不能有一丝一毫的偏差和懈怠。只有信任的不断累积，才能最终实现真正的审美信任。

真正让人有审美信任的批评家应该是什么样子的呢？我想，他首先得是中国当代文学的"同时代人"。所谓"同时代人"，不是同龄人。不是说70后批评家就一定要写70后作家，80后批评家一定要写80后作家，不是这样的。所谓"同时代人"，要与当代文学同生共长。这位"同时代人"要有足够广泛的阅读，要有能力和当代文学构成对话关系，与当代写作者构成对话关系。一位批评家可以不评价某位作家的作品，但是要了解他的创作概况，只有充分了解当代文学创作现状，才可以做出谁是出类拔萃者的判断。

文学批评是与时间博弈的工作。此刻我们做的每一个判断，十年或者更长时间以后有可能成为笑柄，当然也有可能是闪闪发光的预言。一个优秀的批评家固然要写好的批评文章，但另一项重要工作还在于发现优秀作家，而这些作家在未来则会以文学成就证明你的判断是正确的。因此，这位"同时代人"，不仅仅要了解当代文学正在发生什么，还要了解当代文学以前发生过什么，预言未来有可能发生什么。当然,"同时代人"的概念来自阿甘本,阿甘本关于"同时代人"的另一个意思是说,这个人在时代之内,但又在时代之外。他能够在这个时代看到晦暗,但其实晦暗也是光的一部分。他要在黑暗中感受到光。我以为,这个"同时代人"要有定力、有耐性,不能随波逐流。

"文艺虽小道,一旦出版发行,就也是接受天视民视、天听民听的对象,应该严肃地从事这一工作,绝不能掉以轻心。"这是孙犁先生的话,我尤其喜欢"天视民视、天听民听"这几个字。它提醒我要充分认识文学写作及文学批评的庄重性和严肃性。我以为,批评家的每一个评价、每一个用词都应该是审慎的、反复考量的,而非轻逸的和任性的。即使文学批评的读者寥寥无几,从业者也要谨慎严肃,时刻意识到"人在写,天在看"。

今天是新媒体时代,一个以讲"惊人之语"为荣、以文字刷屏为荣的时代,但也是一个需要写作者的省察与自律精神的时代。作为批评家,要做到"不虚美,不隐恶"何其难,要与自己的虚荣心做斗争，要有职业的良知——当众人都说此部作品好时，唯独你讨论这部作品的缺点，这当然是一种勇气，但这是为了证明自己与众不同，还是真看到了作品的问题？又或者，如果人人都知道这个作品质量很差，而你独独要写一篇关于这部作品的赞扬之文，那么，有没有勇气问一问自己，此刻的书写是否是为了满足自己的欲望、显示自己的标新立异？如果为了显现自己的"与众不同"而并不基于作品本身的本质，那么批评从业者就严重背离了自己的职业律条，也便辜负了读者与作家的审美信任。

基于以上种种，我以为，建设文学批评的审美信任至为重要，也是今天文学批评要面对的难局。当然，这并非一个人或几个人的问题，而是整个批评家群体面对的难度。也许我们终生不能克服这个难度，但是，要为跨越它而努力，所谓"虽不能至，心向往之"。正是在此意义上，我认为，普通读者与批评家之间、作家与批评家之间、批评家与批评家之间的审美信任最珍贵。

四

还是回到这本《持微火者》吧。初版自2016年问世以来,得到了诸多读者的认可,获得了第七届图书势力榜年度十大好书,我深受鼓励。某种意义上,这是一个开始,是我重新认识何为文学批评、何为文学批评工作者的开始。修订此书时,我重新编选了2013年以来陆续完成的关于当代作家作品的文章,它们内在里有着一以贯之的脉络。想说明的是,尽管因为写作时间的关系,我对一些作家新作的理解没有能纳入本书,但我的整体看法没有改变。

感谢人民文学出版社与为本书付出辛劳的诸位。因为他们的支持,《持微火者》的修订版才有机会与大家见面。

张　莉

2021年2月26日,北京

目录

上

3　越奇幻，越民间
　　关于莫言

15　难以转译的"中国性"
　　关于贾平凹

27　叙述声调里的秘密
　　关于余华

39　那些"沸腾的欲望"
　　关于铁凝

50　与"变"易，守"常"难
　　关于王安忆

60　那些平凡里的不平凡
　　关于毕飞宇

71　痛楚和百感交集的阅读旅程
　　关于格非

83　对存在意义的执迷
　　　　关于刘震云

94　凝视作为"现实"的世界
　　　　关于苏童

106　异质经验与普遍感受
　　　　关于阿来

118　重写"人民的主体性"
　　　　关于韩少功

129　把"自己"写飞
　　　　关于林白

139　以有情的方式构建美
　　　　关于迟子建

下

153　异乡人
　　　　关于魏微

166　有内心生活的人才完整
　　　　关于张楚

173　重构人与城的想象
　　　　关于徐则臣

184 对日常声音的着迷
  关于葛亮

197 卑微的人如何免于恐惧
  关于路内

208 和无穷的远方，无数的人们在一起
  关于李修文

218 不规矩的叙述人
  关于鲁敏

231 以写作成全
  关于弋舟

243 与时间博弈
  关于冯唐

253 作为生活本身的常态与意外
  关于曹寇

262 在生活之上
  关于廖一梅

  附录

274 我为什么想成为"普通读者"

上

就让那些像流水一样的变化都去吧，小说家要写的是生活之下的、那些不变的常态，他们专心致志，心无旁骛，用细密抵达的汉字，重构一位独立艺术家与所在时代之间的应有关系。

越奇幻，越民间

关于莫言

据许多去过莫言家乡的人说，现实中的高密东北乡并不像其纸上描绘的那样美妙精彩，它跟无数中国北方乡村一样平淡无奇。但我想，这样的印象多半是因为我们对高密东北乡的不了解导致。我们没有喝过那里的井水，没有吃过那里的粮食。有谁和那里的牛羊倾心交谈过？有谁见过黑夜里突然从水中冒出的红色小鬼吵吵闹闹？有谁看到过那个姓蓝的单干户推着独轮车顽固地行走，身边有瘸腿毛驴和小脚妻子陪伴？有谁去赶过那个将千言万语压在心头、一出声就要遭祸殃的"雪集"？我们的确到过高密东北乡，但却从不知晓那里的故事多如牛毛。我们到过现实中的那个地方，但并不代表我们了解它，如同我们与某个人打过照面，却实在不能说相知。毕竟我们没有与之朝夕相处、相濡以沫，它没有成为我们身体不可分割的一部分。

可是，"高密东北乡"之于莫言是多么不同。这个人一落生就在这里，这片土地生他，养他，磨炼他，给过他痛苦、羞辱和光荣。他是它真正的儿孙。这里的一切都顺理成章地进入了他的头脑、骨骼、血液。没有人比他更了解这个地域。"世间的书大多是写在纸上的，也有刻在竹简上的，但有一部关于高密东北乡的大书是渗透在石头里的，是写在桥上的。"（莫言：《会唱歌的墙》）那写在桥上的一切只有莫言了解。只要他愿意，他随时可以打开他的百宝箱，变幻出让人目瞪口呆的"花样"。读过莫言的人恐怕都有过慨叹，似乎中国还没有哪位作家像莫言这样"富有"。

高密东北乡的风物和人事在莫言身体里刻下怎样显著而深远的痕迹，只要读他三十年来的作品便可了解。一切都进入了他的文学疆域：过早辍学，被人耻笑面容丑陋的他在村里放牧；躺在草地上看蓝天和变幻的云彩，想着如何获得磨坊主女儿的青睐；更多的是听故事，久远过去的和正在发生的故事。这位少年长了一双与众不同的、像吸收器一样的耳朵，它吸收高密东北乡的一切，故事、人物、情感、爱恨，借助它的帮助，他"声无巨细"地将一切纳为己有，沉积在内心。那在集市上滔滔不绝的"说书人"的每一句话都顺着风进入少年人的心里，他像复读机复述他们的故事，他模仿他们的"滔滔不绝""舌灿莲花"。奇幻、诡异的故事发生在他的作品里，也似乎再自然不过了。

蛙声齐鸣的夜晚

我被《蛙》里一个场景触动。小说中的姑姑一个人走夜路，两边是一人多高的芦苇。一片片水被月光照着，亮闪闪的。这一刻，姑姑听到了叫声，"蛤蟆、青蛙，呱呱地叫。这边的停下来，那边的叫起来，此起彼伏，好像拉歌一样。有一阵子四面八方都叫起来，呱呱呱呱，叫声连片，汇集起来，直冲到天上去"。就是在那个夜晚，书中的姑姑体会到恐惧。"常言道蛙声如鼓，但姑姑说，那天晚上的蛙声如哭，仿佛是成千上万的初生婴儿在哭。姑姑说她原本是最爱听初生婴儿哭声的，对于一个妇产科医生来说，初生婴儿的哭声是世上最动听的音乐啊！可那天晚上的蛙叫声里，有一种怨恨，一种委屈，仿佛是无数受了伤害的婴儿的精灵在发出控诉。"

蛙声如泣诉，姑姑惊恐地跪在地上，像青蛙一样爬行。"这时，姑姑说，从那些茂密的芦苇深处，从那些银光闪闪的水浮莲的叶片之间，无数的青蛙跳跃出来。它们有的浑身碧绿，有的通体金黄，有的大如电熨斗，有的小如枣核，有的生着两只金星般的眼睛，有的生着两只红豆般的眼睛。它们波浪般涌上来，它们愤怒地鸣叫着从四面八方涌上来，把她团团围住。"

姑姑想逃跑，在奔跑中她回头看，那景象令她魂飞魄散："千万只青蛙组成了一支浩浩荡荡的大军，叫着，跳着，碰撞着，拥挤着，像一股浊流，快速地往前涌动。而且，路边还不时有青蛙跳出，有的在姑姑面前排成阵势，试图拦截姑姑的去路，有的则从路边的草丛中猛然地跳起来，对姑姑发起突然袭击。"

姑姑恐惧，因为姑姑知道，那万千青蛙是她曾阻止出生的生命；她知道，那"蛙"声一片，是"哇"声一片，也是"娃"声一片。那些被扼杀在胚胎里的生命，就这样在某一个夜晚集体向姑姑追索、声讨。姑姑遇到的场景是真的吗？也许它们只出现在我们孤独的梦里，但那奇幻场景下的隐秘疼痛，却早已在我们身体里种植。

人们内心无法言说的疼痛就这样被莫言笔下蛙声齐鸣的"奇幻场景"唤醒了。《蛙》像莫言其他小说一样，写得茂密苴壮，幽深而诡异。尽管它直面当下现实，但又具有荒诞性和传奇性。

姑姑名叫万心，她是一位助产士，曾经的高密东北乡的送子观音，后来成为当地计划生育政策的基层执行者。以姑姑的一生为镜，

《蛙》书写了中国生育制度的巨大变革。

作为小说人物，姑姑很"典型"，她"真理在握"，一往无前。逐渐降低的人口增长数字显示了姑姑们工作的切实有效，但小说中姑姑助手小狮子退休后对生育儿子的热衷却是这场"较量"的深刻隐喻。

这是多么艰苦卓绝的战斗和争夺！围绕着身体，进行着一场拉锯战，不屈不挠地争夺对身体的支配权和所有权。那些有着茁壮生命力的身体，在现实面前遇到了何等的磨难：做了结扎的男人们觉得自己不再是男人，性功能出现问题。更让人感慨的是女性身体。被追赶的孕妇张拳老婆多么渴望跳到河里逃脱，以生下她已快足月的孩子；叙述人蝌蚪的妻子王仁美终于怀上二胎，姑姑堵在她家门口，在劝说和威胁之下王仁美答应把孩子引产；美丽的侏儒女子王胆，在生命的最后一刻早产了第二个女儿陈眉，也留下她对姑姑带血的感激："谢谢你让孩子来到人间。"……

这是为生存而生育的村民，这也是为生育而死去的高密东北乡人——当他们以极具戏剧性而又不无真实的面容出现时，《蛙》里便包含了"生育何以为生育""生存何以为生存"的谜题。莫言有着这个时代一位书写者应该有的敏锐，他有非同一般的现实感，他触到了中国人内心的隐痛，这也是世界关注的焦点。《蛙》书写的是整个现代中国社会发展历程中的巨大困惑——我们该怎样理解人类的生育问题与世界环境的不断恶化？我们该怎样面对自己的生育权和人类的发展权？

姑姑晚年充满负罪感。在夜晚，她听到蛙鸣，意识到那是无数婴儿在哭泣和控诉后，她最终决定嫁给捏泥人的郝大手，希望将消失在风中的那些孩子重塑。此后，姑姑的屋里，东、南、北三面墙壁上，全是同样大小的木格子，每个格子里，都安放着一尊"娃娃"。每个"娃娃"，她都能记起他是哪一天被引产、流产，十八年前、十七年前、十六年前、十五年前……如果他们活着，早已长成翩翩少年！

读《蛙》能强烈感受到共情，整部小说因使用了对日本友人诉说的书信体形式而具有感染力：他为高密东北乡的男女子民们顽固的子嗣观念迷惑，他为走出那块土地的陈耳和陈眉的悲惨命运而痛楚——她们在东丽玩具厂的大火中一个被烧成焦炭，一个被烧毁面容。《蛙》是我们这个时代的生育史，其中有莫言的疼痛感。疼痛感背后是一位知天命的男人的慈悲心。这慈悲是姑姑面对那些"娃"的忏悔，是"父亲"莫言面对那些消失的孩子的眷恋，是兄长莫言对生活在当下的兄弟姐妹命运的深切关注。小说结尾的"戏剧"处理使整部作品进入高潮——小说家使用了戏剧表达的方式，让每一个癫狂而痛楚的人物，姑姑、陈鼻、陈眉，以及郝大手、蝌蚪的戏剧性命运非同寻常地在一个场景里同时出现。

2010年，第一次读到《蛙》时，我立刻想到少年时代看央视春晚小品《超生游击队》的场景。那小品戏谑、调侃，是对超生夫妻们的讽刺和规劝，它在电视屏幕上被无数次播放，让我笑得前仰后合，甚至笑出眼泪。直到此刻，我都能听到自己当年年幼无知的傻傻的笑声。《蛙》之后，我无数次为自己当年的笑声羞愧。是《蛙》让那种笑声停止。在"蛙"声齐鸣的表象之下，莫言说出的是最朴素的道理：那些"东躲西藏"，一点也不好笑；那些人，需要体恤和理解。

这便是《蛙》的意义，它是来自高密东北乡的讲述，它是个人的，它是民间的，它来自中国人内心，它唤醒每个人内心最深处的疼痛。

人畜相杂的轮回

《蛙》写的是子宫里的死亡，写的是生的困难，写的是生育、生存，以及生活本身。在创作《蛙》之前，莫言出版了长篇小说代表作《生死疲劳》。在那部小说里，莫言写的也是"生"，一个人的不断的"生"的"轮回"。当然，写的也是"死"，一个人如何和"死"较量，一个人如何对他的"死"不屈服。

《生死疲劳》元气旺盛，它写的是家族史，大约是从1950年1月1日到千禧年的五十年。主人公西门闹是西门屯的大地主，勤劳，做农活有强迫症倾向，他与我们脑海中的地主形象有所差异——他行善积德，也救别人的命。但他遭受的却是"横死"的命运。他在1950年被押上刑场执行枪决时，内心充满了委屈与不平。对于所有人都不得不面对的死亡结局，他是"这一个"，他不服。

西门闹真是闹啊，他在阴曹地府里受了两年的煎熬，鸣冤喊屈，即使在油锅里被"炸干"也要申冤。最终，阎王爷同意他"不死"，同意他转世投胎，"活"过来。西门闹死后重生，他转生为驴，死去；转生为牛，又死去；再转生为猪，再死去……一直转生为狗、猴以及大头婴儿蓝千岁。经历了"驴"折腾、"牛"犟劲、"猪"撒欢、"狗"精神，也目睹了五十年来整个家族的恩怨情仇之后，小说的倒数第二章，西门闹再一次被带到阎王面前。阎王问："你心中，现在还有仇恨吗？"西门闹犹豫之后最终摇了摇头。结局之后，整部小说开始了它本应有的那个开头："我的故事，从1950年1月1日那天讲起……"又是轮回。

《生死疲劳》里有与众不同的生死观。莫言以"阴曹地府"的形式唤回了我们遥远的文化记忆。不管这样的想象看起来多么迷信、荒唐和不科学，但我们的精神渊源其实就是出自那里。那个奇妙的核子，就是我们最朴素的来源和出处。

整部作品虽然以家族史做底，但依托的是生死轮回的时间概念。这与通常的线性时间观念不同。尽管小说中也有"公元时间"，但"轮回"和"转生"却来自佛家。

小说中关于人与动物的转换也有意思，每一次的转生，西门闹几乎都开始他的另一种畜生生活，驴、牛、猪、狗、猴——有了灵性的动物每一次都转生到他的子孙的生活中去，人与畜生的生活相吸相生。在畜生眼中，人们的行为被扭曲和放大；但在牲畜身上发生的故事有时候更震撼。你读每一部分都要重新体会一种动物的习性，不同的高度决定了他们看到的世界不同，牲畜眼中的世界和读者本身固有的关于人的世界的理念纠缠在一起，这是难得的、有挑战性的、充满阅读快感的旅程，让人感动、难过、悲凉，又无言以对。这些转生动物视角的引入，使你不由想到中国传统中的万物相长的观念，人与牲畜之间的亲缘关系，民间的善恶标准，生死观念，朝代更迭，都是轮回，都是混沌。

当代有很多小说家在追求如何回到民间。但莫言的实验显然更为彻底——小说每一章节都以古代白话小说章回体的标题出现，比如第一章是"受酷刑喊冤阎罗殿　遭欺瞒转世白蹄驴"，第二十一章的标题为"再鸣冤重登阎罗殿　又受瞒降生母猪窝"等。《生死疲劳》

把民间戏曲、说唱形式移植于小说中,和中国传统精神有关的内容、时间观、价值观与说书形式相互依托——内容与形式和谐地统一使这部小说具有了强烈的"中国精神",那也是属于中国传统的"民间精神"。读《生死疲劳》时,我感受到一种强烈的意志:人,是有魂灵的,即使死了,也要寻找他的尊严和权利。在无神论的语境里,在"不信"的时代里,《生死疲劳》对人的灵魂和尊严进行了一次探底。

从传统来,到传统去

《蛙》和《生死疲劳》使人意识到,莫言小说的魅力在于奇幻外壳之下的朴素与本真,有时候,这位作家不过是用另一种方式讲述了一个常识,关于人的常识,关于生的常识,关于死的常识——在常识常常被遗忘的时代里,这位小说家选择讲述常识。这两部小说也都让我想到《聊斋志异》。在花妖鬼狐的掩护里,蒲松龄先生写的是现实主义的。当然,莫言的尝试也让人无法不想起《西游记》以及《封神演义》的神怪文学传统,甚至还有《窦娥冤》《牡丹亭》等。

据说,在《生死疲劳》写到一半的时候,莫言遇到了困境,偶然想到给每一章起个小标题。尽管这部小说不完全是章回体,但他希望以此表达对古代经典小说的敬意。《生死疲劳》是这位作家多年认真思考的结果,因为他既不想落入窠臼,又舍不掉史诗情结,还想独树一帜,最后,他选择回归传统,从传统中寻找资源。这也意味着走过千山万水、历经三十年后,莫言选择了重回他的传统和家园。

记忆中,莫言将蒲松龄的影响视为黑夜中老祖父点起的"灯笼"。"这灯笼跳跃着,若隐若现,刚好能照亮漆黑暗夜中的一条羊肠小道,道路两边是埋藏着尸骨的坟墓。在老祖父的故事里,这灯笼总是由那些善良的、助人为乐的得道狐仙高擎着,在引导夜行者至坦途时,它便亮一下辉煌的法相,然后化作一道金光遁去。"(莫言:《好谈鬼怪神魔》)"灯笼"给予莫言"大踏步后退"的勇气,也使传统中不朽的元素在他的作品里闪现。《生死疲劳》以向民间传统致敬的方式唤回了传统小说的美质,这种唤回不仅指外在的形式,还有对一种民间经验和中国精神的记取。

在2000年出版的长篇小说《檀香刑》中,莫言曾把他对民间资源的追溯自评为"大踏步撤退",并且,他认为自己"撤退"得还不够。今天,当我再次想起他的"撤退"说时,我发现这位作家老实面孔之下的某种"狡猾",他这分明是以退为进,以守为攻——这哪里是什么"撤退",这正是他的"先锋"。稍微了解中国当代文学创作现状的人就会知道,这样的尝试,使莫言一下子远离了当代的许多潮流写作而找到了他强大的根基。当一位小说家渴望将他的个人才能融进久远的文化传统中时,他其实是找到了他的家园和真正的路,剩下的,只需大踏步走便是了。

——读莫言的方式有多种,看奇幻的看奇幻,看狂欢的看狂欢,但最终,一切来自传统的都将复归传统,来自民间的都会返回民间。

* * * *

阅读版本:

莫言:《生死疲劳》,作家出版社,2006年

莫言:《蛙》,上海文艺出版社,2010年

莫言:《用耳朵阅读》,作家出版社,2012年

难以转译的"中国性"

关于贾平凹

说到《废都》,有个场景自然跳进记忆。十几年前,我的一位老师在学校的林荫路上遇到我,问:"最近在读什么书?""在看《废都》。"年过半百的他停下脚步,"看《废都》?"他的表情让我不知所措。"好看吗?"他问。"还不错,我对庄之蝶和唐宛儿印象深刻。"我回答。他再看我一眼,是痛心疾首的样子:"那小说有什么好,男盗女娼的,你们年轻人要学会分辨。"

老师的表情一直挥之不去。作为学文学的本科生,我很久以后才从那个表情里解脱出来。几年后,当我看到那些批判《废都》的激昂文字结集出版,老师痛心的表情便作为注解浮现,这形成了我对《废都》接受史的最直观感受。当然，这些感受也包括当时读者和媒体的反应——在当年，如果你在城市里骑自行车，突然会听到两个路人的对话，看《废都》了吗？接下来，很有可能是肯定回答及心照不宣的一笑；报纸上也到处都是贾平凹的采访，通常会使用"洛阳纸贵"做标题。

也许是希望重新寻找到当年读书时的某种深刻经验吧，前年我买了新版《废都》。重读《废都》，"震惊感"已经消失，当年在学生宿舍里阅读时的紧张、不安、迷乱和惶惑早已烟消云散。重返《废都》不是失望，而是有另外发现：其中故事和人物都由"彼端"来到了"此岸"——《废都》里的诸多故事与人物已经不再是"纸上风景"，他们变成了"现实"；《废都》里潜藏着许多难以言传的"中国性"。

颓废生活时代的预言

对于年轻时代读过《废都》的读者而言，这部书的重版带来了"沧海桑田"之感。当年创作《废都》时的贾平凹如此敏感，如此先知先觉，由庄之蝶为主人公织就的那座废城里发生的一切，简直就是今天这个时代来临的预言。"艳照门"、色情视频早已司空见惯，无论是小城镇还是大都市，因婚外情而引起的情杀、男女因偷欢死在封闭汽车里的故事，已是寻常事件。

有个细节我记忆深刻。《废都》中，在开市人大会议的时候，唐宛儿跑去找庄之蝶幽会，两个人赤裸相向，唐对庄说："你瞧瞧你哪里是个作家？"是调情，是娇嗔，或者某种揶揄？庄之蝶穿好衣服后嘱咐她待一会儿再出去，以免让人发现，接下来还说了句话："我下午是第一个发言呢。"当我们在电视上看那些庄严会议上的发言时，谁能想到"此情此景"？时至今日，我们每个人似乎都可以为此类细节添加更多的来自"社会新闻"的证据。颓废不再只是西京城里独有，任何一个中等以上城市都有类似气味：金钱、权力和莫名其妙的虚荣引发的贪欲、与身体和性有关的丑闻、男人梦想中的贤妻美妾俏丫头的生活模式，在现实生活中都已是"有过之而无不及"。而且，正如你我所知，如庄之蝶一般有过类似艳遇的早已不再仅是作家、知识分子，也有巨富商贾或小有权力者。

小说中的男女关系也极有意思。庄之蝶痴迷于自己在情欲关系中的中心地位，似乎每个女性都渴望与之有鱼水之欢，甚至"一次"之后便愿意为其"守身"。仅仅因为他是一个名满全国的大作家，所有的女性便都奋不顾身？而今天，有多少女性愿意像《废都》中的诸女子一样仅仅因为他是作家，他"出名"便委身于他？今天的判断标准恐怕早已变成"宝马"和资产/权势——在性爱选择里，唯金钱/权力者得胜几乎成为"硬通货"。变化的是追求对象，不变的是女人的情爱观如何与社会判断标准相联。变与不变，传递的正是社会价值观的翻天覆地。

所以，读《废都》时不得不想，似乎在当下我们身边处处都能看到唐宛儿，看到她们如何机关算尽傍上大款；似乎我们也可以想到身边处处都有庄之蝶，他们在世俗人间或半推半就或如鱼得水。但是，这世上果真有唐宛儿，果真有庄之蝶？形似神不似罢。在唐宛儿身上，自有一种婉约风流坦白淫荡及罪恶并存；而庄之蝶也并不享受他的一切，他是在熬煎，他热闹的内心深处是伴有荒凉、虚无和寂寞的。唐宛儿和庄之蝶都是被架在世俗欲望里"烤"的人，他们有心，也有疼。

可是今天，震惊早已溜走，痛楚已消失。因为这些"消失"，文本中的沉痛才变得触目惊心和珍贵无比。贾平凹实写的是预言，一切都将土崩瓦解的预言；也是恐慌，一种混乱到来前的惊惧和无助。说到底，《废都》是从正值盛年的贾平凹身体里长出来的小说，它元气蓬勃自有生命，那是作家心中不得不写、渴望从中获得生命解脱之作。当名利吞没整体生活时，我们何以自救？庄之蝶无法自救，唯有挣扎，唯有逃跑，唯有横死。可惜，很少有人理解这样的预言和痛楚,在当时我们大声喧哗表示愤怒,因为我们只看到了□□□□。

"中国性"

新版《废都》里,已经没有了□□□□。我有强烈的陌生和"奇怪"之感——当□□□□变为省略号,"这一部"不再是"那一部"。它供人想象的空间减少了。而这种空间,其实正是与《金瓶梅》以来的明清小说的特点与暗示交织在一起的,我的意思是,修订过后的小说,那种与中国文学传统血肉交融的东西减弱了。

回头看《废都》的起笔,我们会深刻了解"与传统血肉交融"之于《废都》的重要性。"一千九百八十年间,西京城里出了桩异事,两个关系是死死的朋友,一日活得泼烦,去了唐贵妃杨玉环的墓地凭吊,见许多游人都抓了一包坟丘的土携在怀里,甚感疑惑,询问了,才知贵妃是绝代佳人,这土拿回去撒入花盆,花就十分鲜艳。这二人遂也刨了许多,用衣包回,装在一只收藏了多年的黑陶盆里,只待有了好的花籽来种。没想,数天之后,盆里兀自生出绿芽,月内长大,竟蓬蓬勃勃了一丛。但这草木特别,无人能识得品类。"

这开头让人想到明清小说的起笔,它在当代小说创作中殊为独异，这种坚实的起笔表明作家在将自己的根部紧紧扎进"传统"，以使西京城里的一切皆有其渊源。当然，读者也会发现，小说所讲述的那些中国人、那些市民的日常生活，的确"古来已久"，比如身体与精神的不断出轨，比如男人女人对性生活的着迷和性爱姿势的无穷探索，比如中年男人的力不从心，比如庄之蝶如何陷在重重人际关系中不能自拔……对了，还有性快感与死感的并行而至——庄之蝶在哀乐中与女人做爱的场景很有"画面感"，越轨、偷情、幻灭感和一种莫明其妙的"死感"齐集，之于小说中的男女而言是大刺激、大恐惧，也是大解脱。庄唐的不伦之恋在文本设置中无疑是"毒药"，它既甜蜜也致命，对困于世俗中的他们既是拯救也是摧毁。必须得说，《废都》中潜有根植于中国人身体内部的、那种痛苦与阴柔并存的性感，读者往往从这部小说里看不到"与时俱进"，他们将看到的更多是人类历史亘古不变的那部分。

"假如我们研究一个诗人，撇开了偏见，我们却常常会看出：他的作品中，不仅最好的部分，就是最个人的部分，也是他的前辈诗人最有力地表明他们的不朽的地方。"借艾略特在《传统与个人才能》中的话去理解贾平凹的历史意识再恰切不过——《废都》中最个人也最具光彩的部分是对于《金瓶梅》和《红楼梦》语言形式及精神气质的成功借鉴，它使传统的生活方式在一部当代小说中获得还原与复现。换言之，我们从贾平凹作品里看到了前辈小说家兰陵笑笑生、曹雪芹的魅力，看到了前代文学传统之不朽。

我以为，当代作家中，莫言和贾平凹都是有意识地从传统中国文学中寻找写作资源者，并都在各自的方向上进行了成功的开拓：莫言的拓展在于他对志怪传统及神幻主义写作的承继，贾平凹则心仪于《红楼梦》对"日常生活"的书写与关注。那种文学史意识使贾平凹敏锐地意识到他在整个"文学时间"中的地位，他个人的写作和"当代"之间的关系。这种文学史意识使他主体性强大——三十年间，中国文坛有过许多潮流写作，但他几乎不属于其中任何一个潮流，但同时，他也从未被时代遗忘，因为他的文字自有其渊源。当年孙犁赞许贾平凹的文字是"此调不弹久矣"，正是在说他的写作深得中国文学传统神韵。

但是，坦率地说，贾平凹的这种追求也对他在全世界的传播构成了某种障碍。权借诺贝尔文学奖之于莫言的授奖词为镜。那篇授奖词使读者意识到，作为中国语境的"他者"，他们看到的是中国人在莫言小说中未能深切感受过的光芒，它也使每位文学中人感受到语言与语言之间的确存在的"转译性"。我的意思是，作为"说故事的人"，莫言小说可以"转译"的东西很丰富，那种蓬勃和芜杂使各个国度的读者理解起来并不太困难——"故事"比"神韵"

更容易翻译,"情节"比"气息"更能流通。换言之,莫言小说中故事本身的奇幻和诡异(并不是指东方奇观)是特别的"中国精神",它更具世界通用元素。

但贾平凹作品的"中国性"与莫言相异。像"幽默"也分文化语境一样,能体悟到贾平凹的"中国性",须具有一定的中国文学修养。同时,他的小说也不容易被翻译,也许贾平凹作品的译本并不少,但我怀疑其效果,译者和读者能否真的领悟。以《废都》为例,诸多纷繁的人物,白描式对话以及日常生活场景对域外读者无疑都是阅读挑战,那种"闷骚式"的"性感",那种内敛的情欲,在"转译"中会不会流失?贾平凹小说情节的推动都是由人物内心及情感而起,如果不能理解人物情感,如何理解小说走向?

当然还有另外的"不能转译",比如,如何理解《废都》中"汪希眠老婆"这一称谓?如何转译那些□□□□以及坊间的顺口溜、谐音俚语?如何理解庄之蝶生活中的淫荡与颓废并重,尤其是强大与示弱并存的特点?如何理解《废都》的叙述人用"那妇人"来称呼书中女性?现代人当然会强烈意识到一种对女性赏玩的心态。相信,贾平凹断不愿意接受其作品歧视女性的说法,但书中的确传达了"赏玩"的气质,那是一种与传统语言形式及文本气质同生共长的东西,如何将这些糟粕从创作中剥离,对他是莫大的挑战——这是在现代语境下,贾平凹的传统文学追求所遭遇的"腹背受敌"。

莫言的文学魅力是泼墨式的、横冲直撞的、破坏性的、摧毁一切规矩的,它们有如滚滚黄河水一往无前的美,那恰恰是现代以来文学接受史中人们最为熟稔的经典式的令人欣赏的美;而贾平凹的美则是工笔细描,庞大繁复,是欲语留白,是传统中国柔弱书生长衫里潜藏的强悍,这是前现代中国语境里的美,它们对现代以来的读者构成理解障碍。

日渐消失的"间离感"

作为长年追踪贾平凹创作的读者,从长篇小说《带灯》中又一次读到了贾平凹式的后记,依然让人惊艳。如果评选中国最会写后记的作家,恐非贾平凹莫属。在每一篇后记中,贾平凹都能清晰勾画出他的创作目标和追求,从他的路径出发,他比任何一位批评家的解读都到位。但如果不按他的思路阅读呢?读《带灯》,看得出他在试图寻找更为鲜活的时代人物,这是一位渴望与时代共在的作家,他渴望从生活中寻找给他带来陌生感的"新人",他真心与他们交往并渴望创作出别具风格的作品。事实上,《高兴》和《带灯》都应该视为他渴望突破的标志。我愿意承认高兴、带灯这两个人物有各自的闪光点和带给时代的"异质因素",但他们带给人的困惑也是直观的:人物形象并不深入人心,他们像是作者手中的"提线木偶",他们没有后记解说就没有生命力,不能"活生生"。

坦率地说,阅读过程中,我深刻意识到高兴、带灯这两个人物身上那种与生俱来的"文艺性"、那种热衷自我表演的东西,我当然不怀疑他们"实有其人",也不怀疑他们与贾平凹交往时的真诚。我也为贾平凹在后记中表现出来的诚恳所感动。但我怀疑这些原型人物,怀疑他们的讲述动机、他们的讲述本身——当两位聪明的、活跃的、有着文艺/文学情结的人物面对闻名遐迩的大作家时,当他们讲述发生在自己身上的"传奇""光明"和"美德"时,是否包含自我戏剧化、自我文学化、自我美德化、自我清洁化以及渴望在文本中"不朽"的动机?作为作家,贾平凹是否意识到写作对象对个人故事的充分加工?是否意识到写作者与人物之间应构成某种观照式的"距离",以看清时代在这些人物身上打上的更为隐秘的烙印?

故事材料来源的"单一性"、故事人物"一厢情愿"的讲述,对《高兴》《带灯》这两部小说的复杂性构成了挑战。与之相比,《废都》人物的"栩栩如生"在于作者有强大的间离感,叙述人虽然有时候在人物身体里,但他有能力跳出来看他们的丑陋、软弱、卑微和罪恶，他看到这些人身上的比恶更恶的东西，也看到人身上瞬间闪现又熄灭的光泽。在《废都》里，他放下了自己，他"没有架子"，他不手软，他也并未遗漏那些毛茸茸的细节并忠实记录，他对他笔下这些人物有爱有恨，他们便长在了他的肉里。因而，在那时，贾平凹的人物是从心底里出来的，他不是从概念、从感受出发去认知他的人物，他和他的人物血肉相连，打断骨头连着筋。所以，你很难用赞美或批评、欣赏或排斥的简单词语表达他之于庄之蝶等人物的感受。

可是，在他晚近小说中，这样的间离意识和批判精神在悄然消退，他真诚地关心和热爱现实中有趣的人，被这些人物身上与众不同的新鲜牵制，他似乎完全认同他们并愿意赞美他们，而没有将他们视为复杂的有各种利益欲求的人物，没有正视自己与他们之间的差别以及这些差别带来的关系的扭曲。当这些生活中的有趣人物一厢情愿地、单向度地为他讲述他们的生活时，作家是否想过从别的渠道和角度重现对这些人物的讲述，他是否想过应该多向度寻找此一人物的复杂性？当他为高兴、带灯等人身上的明亮所吸引的时候，是否应该意识到他们身上的明亮之所以耀眼，可能也因为对象本人刻意隐藏了那些"灰暗"和"毛茸茸"？

为什么会在《带灯》后记中说等待"天使和魔鬼再一次敲门"?因为有远大追求的贾平凹当然懂得,既看到天使也看到魔鬼,才是文学写作的大境界。

*　　*　　*　　*

阅读版本:

贾平凹:《废都》,作家出版社,1993年

贾平凹:《废都》,作家出版社,2006年

贾平凹:《带灯》,人民文学出版社,2013年

叙述声调里的秘密

关于余华

一

还是从《活着》的结尾说起吧,我曾经一字一句抄写过。

……

老人和牛渐渐远去,我听到老人粗哑的令人感动的嗓音在远处传来,他的歌声在空旷的傍晚像风一样飘扬,老人唱道——

少年去游荡,

中年想掘藏,

老年做和尚。

炊烟在农舍的屋顶袅袅升起,在霞光四射的空中分散后消隐了。

女人吆喝孩子的声音此起彼伏,一个男人挑着粪桶从我跟前走过,扁担吱呀吱呀一路响了过去。慢慢地,田野趋向了宁静,四周出现了模糊,霞光逐渐退去。

我知道黄昏正在转瞬即逝,黑夜从天而降了。我看到广阔的土地袒露着结实的胸膛,那是召唤的姿态,就像女人召唤着她们的儿女,土地召唤着黑夜来临。

这段文字抒情、肃穆,让人想到教堂里众人齐唱赞美诗的庄严情景。在福贵讲述完一生的故事之后,这个结尾起到了"定海神针"的作用,它使整部小说不轻逸,且具有了正剧色彩。

这个结尾会让人想翻回小说的开头。小说一开始并不是这样的声调。那位年轻的叙述者最初与我们相遇时有点吊儿郎当、漫不经心,他带领我们踏进小说门槛,我们和他一起看到的第一眼风景虽与结尾处相近,但交付的情感却大不同。

我比现在年轻十岁的时候,获得了一个游手好闲的职业,去乡间收集民间歌谣。那一年的整个夏天,我如同一只乱飞的麻雀，游荡在知了和阳光充斥的村舍田野。我喜欢喝农民那种带有苦味的茶水，他们的茶桶就放在田埂的树下，我毫无顾忌地拿起漆满茶垢的茶碗舀水喝，还把自己的水壶灌满，与田里干活的男人说上几句废话，在姑娘因我而起的窃窃私笑里扬长而去。我曾经和一位守着瓜田的老人聊了整整一个下午，这是我有生以来瓜吃得最多的一次，当我站起来告辞时，突然发现自己像个孕妇一样步履艰难了。然后我与一位当上了祖母的女人坐在门槛上，她编着草鞋为我唱了一支《十月怀胎》。我最喜欢的是傍晚来到时，坐在农民的屋前，看着他们将提上的井水泼在地上，压住蒸腾的尘土，夕阳的光芒在树梢上照射下来，拿一把他们递过来的扇子，尝尝他们和盐一样咸的咸菜，看看几个年轻女人，和男人们说着话。

眼前的土地、乡村尘土飞扬，热情腾腾。小说的起笔饱含地气，但读者也会明显感觉到有条沟壑横亘在"我"和他所要采风的村庄之间。从这个开头望去，你很难想到有些浪荡的年轻人会在结尾处与面前的土地和村庄情感交融在一起，你很难想象，在近二百页叙述之后，这个年轻人对土地和乡村的情感发生激变，像走过"千山万水"一样，他将开始重新认识"活着"的意义。收集民间歌谣者即采风者,他是将重新发现"民间"生活和"民间"伦理的人,他进入乡村的过程似乎应该被视为"发现之旅"。发现的过程,是带领我们一起思考"什么是活着""什么是活着的意义"的过程。

我们对生活的新认识都将从那位叫福贵的老人一生开始。在小说的开头,"我"在田间地头的睡梦中醒来,看到赤裸着脊背扶犁的老人唱起"皇帝招我做女婿,路远迢迢我不去"。好笑的歌声引起叙述人的注意,他听到老人对犁田老牛的吆喝:"二喜、有庆不要偷懒,家珍、凤霞耕得好,苦根也行啊。"正如我们所熟知的,福贵开始讲述他的一生。他讲述个人际遇的声调内敛而冷静,但内里却有一种与亲人撕扯不断的温柔。这使整部小说形成了特有的声调:既温暖,又残忍;既幽默,又沧桑。借助老人那幽默而沧桑的声音,《活着》具有了一下子抓住读者的力量。

福贵一生经历过那么多的波折:养尊处优,乐极生悲,否极泰来,天灾人祸……但福贵讲述这一切时却又幽默,又疏离。我们看到命运在福贵身上刻下的深刻痕迹,我们也看到福贵平静地接受现实所给予他的一切,那些好的,坏的,不算好不算坏的。福贵的一生,说到底是一种被动的"活着",一种既不重于泰山、也不轻于鸿毛的"活着"。很多人也因此把福贵面对命运的态度解读为"丧失主体性"。他不是一个"大写的人",而是卑微者,与"英雄"二字绝缘的人。可是,世界上哪里有什么"大写的人"?作为一介草民,福贵不"受"着、不"熬"着又能怎样?他能扭转"土改"时期地主的命运吗?他能扭转被软骨病困扰的家珍的命运吗?他能阻挡"文革"期间为凤霞接生的红卫兵们的愚蠢吗?人面对命运并不是想能战胜就能战胜的,人与命运之间大部分时候是一种对峙,是既不逞强也不示弱,是互相遥望。

福贵不以受害者、受难者自居,他不以苦难为苦难,这样的叙述态度意味着要求听众/读者以平等的姿态对待他和他的一生。这反而也具有另一种吸引力:使读者看到个体在苦难面前的承受力。以人的承受力来表现人内在的力量,这是余华之所以成为余华的原因。或者说,小说家余华的创造性思考不是人如何战胜命运,一个人如何不被他的命运压垮,而是人在命运面前的承受力,人与命运的胶着关系。

福贵的一生使人思考何为"活着"的意义:一个人如果不是创造历史者,不是英雄,不能为社会创造财富,而只是如蚁般的草民,他活着是否有意义?一个流氓无产者,一个市井小民,一个鳏寡孤独者,他活着是否有意义?当然有。身份并不能使人的活着和死去划分出高贵和卑贱,没有什么比鲜活的生命更伟大,生命本身就是意义。

如果看过电影《活着》，会发现余华与张艺谋之间对于福贵命运的理解有很大差异。作为小说家，余华并无更大的兴趣揭示不同历史时期所造成的兵荒马乱。余华把福贵生命中的苦难当作人一生中不得不遇到的灾难。余华小说中也没有日子会越来越好的愿景，没有小鸡有一天会变成鹅的讲述。余华只是将灾祸理解为灾祸。

　　与其说余华的《活着》书写的是一个真实的人物形象，毋宁说他借助福贵这一形象书写了现代"采风者"自乡间采集到的宝贵的"风"，采集到的来自民间立场而不是庙堂之上的对于"活着"的认识。不同国度的读者都"看懂"了这部小说，"这是非常生动的人生纪录，不仅仅是中国人民的经验，也是我们活下去的自画像"（韩国《东亚日报》）。一部关于"活着本身就是意义"的故事，也是一部对我们的人生观有触动的小说。

二

　　《活着》是先锋派作家余华的转型之作：他从晦涩难懂的先锋派叙事模式中抽身而返回大地；他开始看重故事性，开始看重生动鲜活的人物形象；他以一种简洁有如刀刻的叙述方式与传统的写实主义区别开来。通常批评家们喜欢用返璞归真来形容他的变化，借用张清华的话来说，余华深谙"文学的减法"。

要知道，这是多么好的减法！每一寸肥肉都被剔除，留下的全部是结实的肌肉。瘦削强劲，迅捷而有力量。在后来的写作中，余华似乎越来越热爱叙述的"减法"。他把作品中的主观情感降到最低，如《许三观卖血记》的叙述，大部分由人物对话构成。

《许三观卖血记》结尾处，年迈的许三观意识到他的血再也卖不出去。许玉兰试图安慰他，带他到胜利饭店吃炒猪肝喝黄酒。

> 许三观笑着吃着，又想起医院里那个年轻的血头说的话来了，他就把那些话对许玉兰说了，许玉兰听后骂了起来：
>
> "他的血才是猪血，他的血连油漆匠都不会要，他的血只有阴沟、只有下水道才会要。他算什么东西？我认识他，就是那个沈傻子的儿子，他爹是个傻子，连一元钱和五元钱都分不清楚，他妈我也认识，他妈是个破鞋，都不知道他是谁的野种。他的年纪比三乐都小，他还敢这么说你，我们生三乐的时候，这世上还没他呢，他现在倒是神气了……"
>
> 许三观对许玉兰说："这就叫屌毛出得比眉毛晚，长得倒比眉毛长。"

小说以许三观那句属于民间的幽默比喻作结。它没有《活着》结尾处的肃穆，它的结尾荤腥不忌，与整部作品气息保持一致。这样的声调在小说第一章的起笔就已确定：

许三观是城里丝厂的送茧工，这一天他回到村里来看望他的爷爷。他爷爷年老以后眼睛昏花，看不见许三观在门口的脸，就把他叫到面前，看了一会儿后问他：
"我儿，你的脸在哪里？"
许三观说："爷爷，我不是你儿，我是你孙子，我的脸在这里……"

这个开头与《活着》相比似乎毫不讲究。但事实并非如此。每一位小说家开口说话，他都在寻求和读者达成某种契约的最佳方式，以此奠定读者对小说叙述的信任。《许三观卖血记》的起笔，当爷爷将孙子唤成"我儿"时，一种幽默和诙谐的声调就已经确立。读者意识到作品本身的调侃意味，逐渐适应这样的叙述声调。《许三观卖血记》中，余华显然有意彻底摆脱《活着》中那位采风者偶尔流露出来的伤感情绪，要知道《活着》中只有两种声音，讲述者和倾听者，一个呈现者，一个接受者。小说结尾之所以能达到一种优美气息，缘于倾听者对讲述者的敬意。

《许三观卖血记》则不同，这里没有讲述者和倾听者。整部小说也没有任何价值判断。小说家任由各种人物出场。许三观一家的情感隐私全部呈现在类似公共舞台的空间里，没有丝毫闪避。许三观、许玉兰、一乐、二乐、三乐，他们所有的喜怒哀乐都完整呈现，没有心理描写，你很少看到他们如何思考，你看到的是他们如何行动。

小说中的第十九章是许三观为饥饿的全家用嘴巴做饭，也是为了庆祝他的生日。夜晚躺在床上，许三观要给全家做饭，首先他给三乐做红烧肉，"我先把四片肉放到水里煮一会儿，煮熟就行，不能煮老了，煮熟后拿起来晾干，晾干以后放到油锅里一炸，再放上酱油，放上一点五香，放上一点黄酒，再放上水，就用文火慢慢地炖，炖上两个小时，水差不多炖干时，红烧肉就做成了……"红烧肉看来是这个家庭里最喜欢吃的一道菜，许三观又给二乐做了一顿，再给一乐做了一次全肥的红烧肉，还给许玉兰做了一个清炖鲫鱼，也给自己做了一个炒猪肝。这一切全由他的表述和嘴巴发出的象声词构成。

这是一次令人惊艳的"无中生有"，它将一个家庭在饥饿时代里的苦中作乐写得坚实而笃定，这是小说令人惊艳之处，想必也是余华的精心设计。但是,坦率地说,这一细节也是小说最刺目的破绽所在——小说并没有提供工人许三观在那个"困难时期"何以有如此"美食"经验的原因,那时候的工农兄弟,从哪里得知这样讲究的烹饪经验?当然,如果略此不论,这实在是整部小说最为华彩的部分。

小说人物许三观的魅力在于他的行动性。他用行动"无中生有"。这使人认识到,许三观和命运之间有着更为复杂的关系,每次遭遇厄运,他都主动以卖血的方式化解。但卖血也并不都是因为遇到我们通常所理解的"穷途末路",他以"卖血"满足自己的各种欲望,比如追到油条西施许玉兰,比如改善伙食,比如与隔壁女人偷情。

许三观与福贵的最大不同在于他为家人做出的牺牲,他的"以血搏义"。比如以卖血获得为非亲生儿子一乐治病的机会。面对妻子与他人生下的孩子,许三观有过态度的反复,比如他并不带一乐去吃卖血后换得的生日"大餐",故意冷淡。但一乐去寻找亲生父亲未果时,许三观找到他,背着他在街上走:"一乐爬到了许三观的背上,许三观背着他往东走去,先是走过了自己的家门,然后走进了一条巷子,走完了巷子,就走到了大街上,也就是走在那条穿过小城的河流旁。"在这条行走路线中,许三观一边背着一乐一边骂着,到最后,"一乐看到了胜利饭店明亮的灯光,他小心翼翼地问许三观:'爹,你是不是要带我去吃面条?'许三观不再骂一乐了,他突然温和地说道:'是的。'"许三观的全部柔情侠义都在他的"咒骂"和"行走"中体现,这得益于余华独特的构思及叙述才华。

小说的第二十三章,一乐的亲生父亲何小勇出了车祸,需要一乐叫魂,虽然小说中讲述了许三观的愤怒,但他还是把儿子叫到跟前劝说,劝说由许三观的六段独白组成,没有一乐的反应,其中有两段劝说讲到了人的良心,第六段劝说只有三句话:

一乐,你跟着你妈走吧。一乐,听我的话,去把何小勇的魂喊回来。一乐,你快走。

再简单不过的话语,使读者获知了这个人物身上某种既单纯又复杂的美好,小说中那些简洁而不断重复的对话和行动让许三观变得有趣而生动,他对待一乐的仁义之气不能不让人着迷,以至于他并不那么美妙的偷情也被读者轻易原谅。

读许三观会想到《骆驼祥子》,许三观这个形象显然比祥子更有光泽。许三观的魅力在于诙谐、自嘲,像滚刀肉而不是受气包一样生活,他有属于市民阶层的"英雄气"。许三观身上的某种异质气息照亮了他所生存的环境,这使我们不再追究他的生存环境,也使我们暂时忘记了他生存的那个年代,而更关注人本身。这两个人物表明,余华和老舍对人与命运的关系,在理解上有本质不同。

* * * *

阅读版本:

余华:《温暖和百感交集的旅程》,上海文艺出版社,2004年

余华:《活着》,南海出版社,2001年

余华:《许三观卖血记》,南海出版社,2003年

那些"沸腾的欲望"

关于铁凝

1988年9月,长篇小说《玫瑰门》在文学期刊《文学四季》创刊号上首发。之后,单行本由作家出版社出版。那一年,铁凝三十一岁。《玫瑰门》的发表给当时的文坛带来困惑,人们对一直以清新、俊逸著称的铁凝创作风格突然发生重大变化而不知所措,尤其是在面对司猗纹这个人物的时候。这个女人身上潜有肮脏、庸俗、令人不快的东西,她黑暗耀目,像芒刺般让人疼痛难耐。

一

　　《玫瑰门》是女人之书,有老年女人、中年女人、青年女人:司猗纹、姑爸、竹西、苏眉……阅读的感受很奇妙,在最初,她们每一个人的际遇都令人印象深刻。但随着时间的推移,留存在记忆中的她们会聚为"整体",变成对女性命运的整体性呈现。当然,书中那位叫司猗纹的女人并不甘心,她要执拗地冲破岁月的阻挠,不屈不挠地伫立在我们眼前。

　　司猗纹不是通常的"传奇"女人,她没有获得过哪位男人的倾心热爱和终生追随,她与男性、与整个世界的关系别别扭扭。《玫瑰门》写了她生活中的诸多琐事,民国岁月的情窦初开,共和国成立之初的意气风发,以及充斥着豆浆、油条、粮票、标语、红卫兵与大字报的胡同生活……

　　《玫瑰门》通过展现人们眼皮底下的琐事而打开我们认识一个女人的全新空间。司猗纹身上有奇妙的"沸腾的欲望"。在起初,她被青春的激情鼓动着。她上街游行,认识进步男青年,并与他有一夜情。这样的青春表明,司猗纹完全有成为革命女青年的可能,她有可能像中国现代史上很多著名女青年那样,走出旧家庭,走向

"新生"之路。可是,所有光明的传奇性的道路在司猗纹那里都不存在。这个女人没有勇气和她的家庭彻底决裂,她游移不定,半推半就地完成了婚姻大事。

但新婚丈夫心中已有他人,他刻薄地羞辱婚前便已失身的她。这在司猗纹身上种下对肉体的别样认识——其中有关于肉体的自我怜惜和自我惩罚,有被践踏的羞耻心以及羞耻心的自我泯灭。当然,司猗纹终不是束手就擒的人,她为"沸腾的欲望"所激荡,千里寻夫,再次受到羞辱。

司猗纹生活在家内,但她绝不是躲在卧室里呓语的女人。羞辱的最终结果是她回到庄家后在黑夜里报复她的公公庄老太爷,"她压迫着他,又恣意逼他压迫她。当她发现他被惊吓得连压迫她的力量都发不出时,便勇猛地去进行对他的搏斗了。那是蓄谋已久的策划,那是一场恶战……许久,当她认定她的目的已经达到她再无什么遗憾时,才下了床向他投过一个藐视的眼光。她像逃脱厄运一样地逃脱了这个房间,也许那不是逃脱,是凯旋"。这个女人的复仇让人作呕,齿冷。

小说中对日常生活的逼真描写使我们不得不认识到,司猗纹生活在千丝万缕的社会关系中——这个关系是她成长的土壤。阅读小说的过程,是我们看着一个女人由年轻到衰老,由强悍到虚弱,由雄心勃勃到无能为力的过程。我们看着她与欲望搏斗，这欲望夹杂了羞耻、自尊、自轻与自贱，也夹杂了自虐和虐人，受虐与施虐。

二

因为"自我"并未在家庭生活中获得确认，司猗纹走向社会寻找认同，她有非凡的渴望楔入"公共生活"的努力。她糊纸盒、锁扣眼儿、砸鞋帮、帮首长做家务、做小学老师。她试图摆脱家庭妇女的称谓，她愿意成为一个被他人看重的独立个体。但还是事与愿违。她太喜欢"出风头""与众不同"，强烈的欲望总使她"越界"，于是，这个不安分的女人一次次被"社会"推回去。令人无法理解的是，越排斥她的东西，她越愿意去讨好：

多年来司猗纹练就了这么一身功夫：如果她的灵魂正厌弃着什么，她就越加迫使自己的行为去爱什么。她不能够在她正厌恶这脏桌子时就离开它，那就像是她的逃跑她的不辞而别。现在她需要牢牢地守住这桌子，守住她的狼狈，继续喝她的糊豆浆。这是一场争斗，一场她和脏桌子糊豆浆的争斗。

这是一种什么样的心态？她被她所恐惧和厌恶的东西所吸引，她愿意趋附而近，只要能让她获得关注：

　　　　在旧社会刚告结束、新社会尚在开始阶段，司猗纹就在心里默念这口号了。像她，一个旧社会被人称作庄家大奶奶的、在别人看来也灯红酒绿过的庄家大儿媳，照理说应该是被新社会彻底抛弃和遗忘的人物。然而她憎恨她那个家庭，憎恨维护她那个家庭利益的社会，她无时无刻不企盼光明，为了急得一份光明一份自身的解放，她甚至诅咒一切都应该毁灭——大水、大火、地震……毁灭得越彻底越好。于是新中国的诞生与她不谋而合了。

　　在司猗纹身上，我们看到了大多数人在时代呼唤面前的不由自主、随波逐流，看到的是由趋附带来的个人命运的吊诡。她为自己的"站出来"设计步骤、发表"自白讲话"。但生活总跟她开玩笑，她的站出来最终以小姑子"姑爸"的惨死作为结束。司猗纹的心愿与命运之间有巨大的"反向"。

　　小说处处都有她不屈不挠的搏斗，同时伴有命运对这种搏斗的嘲弄。可是，这个女人终究也不知道：没有无产阶级的标签，她的每一次站出来都显得丑陋不堪；到了晚年，没有青春护佑，作为外婆的司猗纹处心积虑想和外孙女同学一起去爬山的行为看起来那么不自重；没有丈夫的支持、没有夫妻关系的确认，她所做的一切在大众看来辛酸而可笑……在历史和正史里，没有革命成功结局的庇护，没有社会地位的肯定，这个女人过往的一切努力都变得毫无意义。

这是每一次都渴望站在风口浪尖想获得"麦克风"的女人，也是直至终老也不想服输的女人——风潮来了，她主动上前；被抛出去，再迎上前；一次又一次经历被抛弃、被嘲弄、被遗忘的命运。雄心万丈永不服输的女人，灰头土脸永没有出头之日的女人，中国文学史上的"这一个"司猗纹，她让人恼火，让人愤怒，让人不满，她可憎，可鄙，也可怜。

三

当代文学史上，没有一个人可以将一个女人日常生活中的庸俗、怪诞写得如此鲜明，"活生生"。司猗纹身上有模糊而又显著的东西。她的性格看起来应该成为生活的主动者，命运的主人。她的命运本该与日常生活格格不入，但是，她却偏偏生长在"日常生活"里。每天读报、汇报、接受外调、唱样板戏，在革命大历史中是多么微不足道，但这个女人却像做大事一般庄严。革命的日常语境激发了她莫名其妙的热情，她谨慎地步步为营，为细碎生活中的每一步都殚精竭虑。这一本正经的模样让人吃惊。司猗纹的滑稽由此产生，她的可笑由此产生。

司猗纹身上那种荒诞感，缘于在不太古怪的"正常"世界里呈现出最强烈的情感，庄严情感与古怪际遇相互碰撞后出现了巨大的裂口。迷失在那个裂口中的便是这个女人。作为读者，我们旁观她的认真、她的一本正经，但也深晓她所做的一切都荒唐而无意义，我们不得不看着她津津有味地做着那一切。在很多层面上，我们身上不都住着个司猗纹？

铁凝也许是当代中国女性写作史中第一个这样写的作家。着眼于一个女人与自我的搏斗，着眼于一个女人与她的生存环境的搏斗。她着眼的不是女性身上那种通常所说的可爱的或淫荡的，善良的或邪恶的东西，她试图揭示的是人与世界的关系，被人忽视的但又很危险的，被人试图掩饰的但又生机勃勃的东西。作为作家，年轻的铁凝以她独有的敏锐和聪慧捕捉到了人身上黑暗、矛盾、复杂、暧昧的光晕。

四

司猗纹最令人厌恶之处是她对恶与善的模糊认知。对于她，接受外调是如何满足自己的表演欲和虚荣心，"她的那些无比鲜活的事例毕竟令多数外调者眼界大开，他们大都带着满意而去。连陪同他们的罗大妈也受了吸引"。她并不知道自己在作恶，而只想获得片刻注目：

> 频繁的外调锤炼了她的接待艺术，她知道怎样迎合不同来者的不同需要，投不同来者之不同所好。该云山雾罩便云山雾罩，该"丢个包袱"便"丢个包袱"，起誓、痛哭、坚决、彻底甚至逗逗来人，都要看来人的需要、所好。有时为了增添些声色，她不惜将自己的一些往事转借他人。

作恶也要作得有腔调，撒谎也要表演得惟妙惟肖。这是并不掌权者的罪恶。在微末的虚荣中，司猗纹身上不断生长出恶行，那种平庸无奇的恶，那种每个人身上都会有的恶。恶不断地被激发被鼓励，她已无法辨认哪些是善念，哪些是恶意。她只想找到一个稻草活下去，在空气日益稀薄的空间里找到可以透气的地方。

也许她并未想过她的"表现"会给"姑爸"带来惨烈的结局，她也未曾料到自己的表演最终会使妹妹被游街，未曾料到妹妹被亲生儿子浇煳乳房。她并未预料过虚荣会杀人，会流血。但是，她却知道献宝和罗织罪状会给亲人造成伤害，她是在通过伤害亲人以获得暂时的瞬间的安稳。一切仅仅因为，那些被她轻易编织罪名的对象看起来不如她脑子好使，她们无力反抗。在内心深处，她有意识地使自己成为强者中的一员，以轻蔑更为弱小者。

由轻率而虚荣的言行所引起的不幸与不快，原来可以毁灭一个人的生命，成为一个人噩梦的源起。司猗纹有过片刻悔恨，"她觉得是自己引来了罗主任一家，她那交家具、交房子的机敏，她那振振有词的讲演，常常使她的灵魂不能安生"。但这个女人很快就原谅了自己。"姑爸存在的本身就使司猗纹总是自己威胁着自己，自己使自己心惊肉跳。姑爸的死也许会减轻她的心惊肉跳，再跳也是跳给自己看了。"一个并非十恶不赦的人，一个平庸而虚荣的女人，原来可以这样轻易毁坏许多人的幸福。"在'姑爸'和司猗纹身上，铁凝再度表现了令人震惊的洞察、冷峻和她对女性命运深刻的内省与质询。"（戴锦华：《涉渡之舟》）

铁凝写的是生活中平庸无奇的恶如何侵蚀占领我们的内心，写的是恶如何与一个人互相成全。她写了一个人的变恶，这个变恶的过程不能仅归罪于时代,也不能仅归罪于个人。她用尖利的刻刀在《玫瑰门》里刻画出司猗纹让人难以直视的面容、骨骼,以及牙齿,她使我们再也无法忘记这个人。《玫瑰门》的意义在于,她书写了我们眼睛没有看到的,一个辛酸而乏味的人在人生道路上的冰冷平庸性格的生成;她写的是人与她所处环境之间的斗争,一个人如何成为另一个人的过程。

小说的结尾是司猗纹的外孙女苏眉生下了女儿,她的额头上也有像司猗纹一样的月牙伤疤。"你爱她吗?""你恨她吗?"小说中有这样的问话。与其说这是小说中的苏眉在问自己,不如说是叙述人或者说年仅三十岁的作家铁凝在问自己。敢于发问者是勇敢的。人性深处的黑暗和罪恶足以使任何一个年轻的作家掉过头去,但"这一个"作者还是选择了直视。她不仅把她当作她,还当作我们。司猗纹有可能住在每个女人的身体里,也有可能住在每个人的内心里。

五

与《无雨之城》《大浴女》《笨花》等长篇相比,《玫瑰门》是铁凝文学世界里元气最为充沛的小说。这是一部从非伦理、非道德层面去理解人的小说,她由此打开了一个普通而又有典型意义的女人的内心。小说具有独特性和独创性,它启动我们新的理解力。阅读小说时,你能感觉到作家面对司猗纹时内心涌动着的困惑，小说中有年轻苏眉内心的大幅独白——她渴望扭过头、别过脸，也渴望有一双翅膀使她逃离时代的暴烈。但一种不能名状的本能使她完成了书写。

读《玫瑰门》，我无数次想到别林斯基关于天才作家创作的一个分析："在这种情况下，唯一可靠的引导者，首先是他的本能，一种模糊的、不自觉的感觉，这种感觉常常是天才本性整个力量所在。他似乎不顾社会舆论，违背一切既存的概念和常识，碰运气走下去，但在同时又是一直朝着应当走的地方走去，于是很快，甚至原来曾经比其他人声音更响亮地反对他的人，不管他愿意不愿意，也都跟着他走，他们已经无法理解，怎么可以不沿着这条路走。"

这也是铁凝最后之所以成为铁凝的原因——小说家坚定地遵循她作为作家的本能，遵循她超拔的艺术感受，她为我们理解女性、人性以及历史打开了新窗子。

《玫瑰门》注定是吸引一代又一代读者阅读的小说，它有历史尘埃遮掩不住的光彩。

* * * *

阅读版本：

铁凝：《玫瑰门》，作家出版社，1989年

与"变"易，守"常"难

关于王安忆

反传奇

张爱玲有部小说集叫《传奇》。所谓传奇，终归是因"奇"而传。在通常的理解里，无奇之事不"传"——如果此事毫不稀奇，哪个读者喜欢读，哪位作家会去写？如此说来，中国古代小说以才子佳人、奇谈怪闻等"志异"为主便也在情理之中。当然，张爱玲给自己的小说命名为《传奇》并不是依常理出发，她反其道而行，即在传奇里面寻找普通人，在普通人里寻找传奇。普通人，传奇，两个似乎不搭界的词在她笔下焕发了新意，传奇中并非总是才子英雄，普通人也并非没有故事。张爱玲小说中的流苏、七巧和葛薇龙委实算不得佳人，而范柳原也算不上英雄。

"反传奇"也是王安忆的追求。至少从《叔叔的故事》就开始了。这是一部对以叔叔为代表的父辈之生活进行质疑的作品。小说开头是关于叔叔被打成右派后下放地点的讨论，在叔叔的讲述里，他去了青海，在雪天暗夜里听到了童话，一只老鹰宁愿喝鲜血三十年也不愿意吃死尸活三百年，叔叔由此受到了某种精神上的洗礼。但这只是来自他个人的叙述，一种"自我神化"。叙述人说这只是传奇。小说关注的是传奇之下的真相，真相是叔叔被遣返回乡，在苏北农村过上了平庸生活。这是解构叔叔的开始。整部小说中，每一个关于叔叔的传说中，都有另一个真相相伴。小说终结，我们恍然了解，在一个个传奇背后的叔叔，居然是丑陋的、孱弱的、不堪一击的说谎者。《叔叔的故事》在王安忆写作中具有里程碑意义，"反传奇"是小说的重要内容，也是重要的表现形式。仔细想想，《长恨歌》也是一部"反传奇"的作品，王琦瑶的一生终归是别别扭扭，并不像传奇故事里那样让人扬眉吐气。

不过，需要特别说明的是，王安忆与张爱玲究竟是不同的作家，审美旨趣大相径庭。王安忆并不是一个喜欢书写"华美袍子下的虱子"的作家，她似乎越来越愿意看到那些构成华美袍子的基础，那些针线、手艺、劳动者，那些被遮蔽的生活的美和神气。王安忆有段话我印象很深,是她给一本小说合集《女友间》写序时所说:"'看看生活',我们会看吗?艺术其实就是从这里出发的。在这个物质主义的时代,生活布满了雕饰,观念呢,也在过剩地生产,又罩上了一层外壳。莫说是我们软弱的视力,伸出手去,触到的都是虚饰。看看生活,我们看得到吗?"——这些问题还用得着回答吗,答案全在她的提问里。

《逃之夭夭》在王安忆创作历史中是重要的"节点",与《长恨歌》有某种隐秘的关系。这部小说起于郁晓秋的母亲笑明明,后者是个标准的传奇女人。不过,虽然有传奇家世做底,女儿郁晓秋的故事到底还是质朴的,也就是说,在母亲传奇背景之下,女儿的生活愈行愈远,慢慢萌芽、开花,并最终结出累累果实。

郁晓秋是"传奇"里结的种子,远比"传奇"结实得多、茁壮得多。"她就像那种石缝里的草,挤挤挨挨,没什么养分,却能钻出头,长出茎,某一时刻,还能开出些紫或黄的小花。"郁晓秋最终从美丽的"猫眼""工场间西施"成长为一个健康的劳动者,一个女儿的母亲。"她看上去,就像是一个农妇,在自然的、室外的体力劳作和粗鲁的爱中长成,生活的。在她身上,再也找不着'猫眼''工场间西施'的样子,那都是一种特别活跃的生命力跃出体外,形成鲜明的特质。"完全脱去了"传奇"风韵的女人,在王安忆笔下焕发了美丽,那"西施"的基因在郁晓秋身体里成功转换,"而如今,这种特质又潜进体内更深刻的部位。就像花,尽力绽开后,花瓣落下,结成果子。外部平息了灿烂的景象,流于平常,内部则在充满,充满,充满,再以一种另外的,肉眼不可见的形式,向外散布,惠及她的周围。"

以笑明明为起点,王安忆开始书写"反传奇"之下另外的群落,像郁晓秋一样的普通劳作者。他们质朴、诚恳、踏实,远离浮华、时尚,从生活本身获得快乐。郁晓秋懵懵懂懂朝前奔的样子似乎是王安忆极为欣赏的生活态度,也是她对生活、对美、对幸福、对劳动及生命力的一种理解。这种理解显然有别于咖啡馆与酒吧文化,有别于我们想象中的"上海生活",更与张爱玲遗老遗少的审美相去甚远。

"变"与"不变"

关于王安忆,另一个值得讨论的话题是一个人和她的时代之间的关系。这是一个美妙的写作命题。它们不断以各种形式出现在作家笔下,大多数时候,作家喜欢写人如何随时代而变,由此,读者会看到一个人在大时代面前的窘迫和困境。《我爱比尔》是王安忆写于1996年的作品,表面看来,写的是一位女性在时代面前的爱情起落。关于这部小说的主题解读不计其数。有人读到的是男女爱情的不可沟通,也有人读到了东西方文化间无法修补的沟壑。我更倾向于理解为一个人与她所在时代的关系,一位艺术家与时代艺术风尚的关系。

说女大学生兼青年画家阿三渴望成为时代的弄潮儿一点也不过分。她恐惧"落伍",追随绘画的风潮,渴望被西方艺术家认同。但美国商人看了她的画后说:"西方人要看见中国人的油画刀底下的,绝不是西方,而是中国。"这并没有阻碍阿三继续画画。她决心从另一条途径入手。似乎是,面对潮流,阿三总认为自己晚了一步,她关心的问题是"如何才能迎头赶上,摆脱落伍的处境"。像没头的苍蝇一样乱撞,阿三随新而新,随变而变。但来自法国人马丁的看法让她再次受到打击:"法国和中国一样,是一个老国家,就是这些永远不离开的人,使我们保持了家乡的观念。""停了一会儿,马丁说:我们那里都是一些乡下人,我们喜欢一些本来的东西。"

求新求变的阿三最终被那些"本来"和"不变"的认识打败,她没能因为她的"变化"而获得艺术上的认可。事实上,在"爱比尔"的过程中,如何使比尔和她所爱的人惊奇似乎是她爱的最大动力,她从未想过如何给予他人一个"本来"的、"不变"的"我"。在阿三那里,"变化"似乎是需要鼓励和奖赏的,这种渴望变化的个性最终使阿三潜入了一个无底的深渊,失去自我,失去爱情,失去绘画技能，被劳教，逃亡，无可归依。阿三身上有八九十年代中国文化中独有的印记，那是一切以"西方文化"为是、一切以"西方文化"为最的时代。这背景使她的爱情故事充满了隐喻气息。或许，作为艺术人物，阿三的意义在于她的渴望最终没有被时代以及西方文化接纳，这使得我们有机会认识到追随"发展"的脚步、亦步亦趋做"合时宜者"的危险。作为作家，王安忆如何看随时代而"变"？《我爱比尔》包含了她的思考及答案。

如果说十年前的中篇小说《我爱比尔》中包含了王安忆对于"变"的思考，那么发表于2008年的中篇小说《骄傲的皮匠》则思考的是"不变的意义"。小说中刻画了一个令人肃然起敬的人物，皮匠根海。他在小说中先是被人称为"小皮匠"，后来慢慢被了解，回归他的本名"根海"。

皮匠是"清洁"的，尽管他的工作并不清洁。"他从来不把做活的衣服穿回家，而是留在工具箱里。他就像一个正规企业里的工人，上班之前要换上工作服，至于换下来的干净衣服，那是一件西装，配有领带，自有寄存的地方，暂且按下。为了不染上这股皮匠行业的传统气味，他做活时从不穿毛线衣裤，因为毛线衣裤最吸气味。傍晚，天将黑未黑，他收工了，就到弄内人家的水斗，用香皂洗了手脸，穿好衣服，回家去了。"清洁不仅仅在于不把味道带回家，还包括他把屋里收拾得整洁，虽然租的屋子破旧不堪。

这是讲究"体面"的人，尽管贫穷，但生活却也有质量。"倘若是乡下有亲戚来的日子，他回家就有现成饭吃。女人们烧好了饭菜，老远的，油烟味便扑鼻。天热的时候，各家各户的饭桌就铺排在弄堂里，我敢说，小皮匠的饭桌不是第一，也是第二。东西都是从乡下带出来的，草鸡炖汤，六月蟹拦腰一剁两半，拖了面糊炸，蛏子炒蛋，卤水点的老豆腐，过年的腊肉或者风鹅，还有酒。"吃饭、穿衣是普通再普通的事情，但也是郑重其事的，它使人意识到，这位皮匠师傅是一位庄严生活的人，即使他来自乡下地位低微，但对于日常的一切，吃穿住行，乃至一举一动，他从不怠慢。

生活细节的"清洁"，也带到了他的生活理念和价值观里。看到隔壁发廊里出卖肉体的女人，那些不见阳光的苍白细弱的胳膊和腿，小皮匠觉着可怜，"这一回不是觉着哪一个人，而是这个世界"，所以，这位有家室的男人，舍不得他的妻子来到上海，因为在他眼里，这整个世界是可怜的，"他不能让他的女人到这可怜的世界里来。他那女人，有着开阔的眉心，桃花红的脸颊，嘴角上有一颗褐色痣，一笑起来，嘴没动，痣先动，星星似的一闪，眼睛一亮。她没什么见识，没享过大福，可也没受过欺负。他宁可她耳目闭塞，乡下人的那些村话，他都不愿意她听的⋯⋯城里就不同了，什么都搅在一处，分也分不开，所以就叫作'大染缸'嘛！'大染缸'这个词用得太对了！"

在大染缸里，皮匠"自律"，以求"不染"。他不认同同租的河南人那样"嫖女人"，甚至不愿与其共同吃酒。他有做人的本分、道德和清白。当然，王安忆到底也不是"禁欲主义者"，为身体欲望所困的根海和上海女人根娣终于有了"关系"。当河南人发现了他的变化并再邀他喝酒时，皮匠突然醒悟。他人是镜子。"他一个人吃过晚饭，洗了碗筷，在面前放上一本不知什么书。他好久没有读书了，书上的字令他感到生分。"那天深夜，他给老家的媳妇打了电话，"快来！"他急不可待了。根海嗄着嗓子说："我想你们了。""纯朴的故乡"使皮匠回归，皮匠知道分寸、廉耻，他有能力自控而不放纵。为什么叫"骄傲的皮匠"？读到最后，读者慢慢被说服，他实在有骄傲的资本。这是这部小说的魅力。

结尾处，皮匠的妻子女儿来了，不过，小说中一直没有正面出现他的乡下媳妇。弄堂里的人们都不曾想到，"根海的孩子是女儿，而且，是两个粉白粉白的女儿，想来是像她们的母亲。两个小姑娘，被阳光照成透明似的，因为来上海，还因为来看爸爸，身上就穿着新衣服。大孩子已经读书，坐在马扎上读一本英语课本，声音琅琅的，一点也不怯场。小的就在弄口跑来跑去地看，什么都觉得新鲜"。

这个场景很美好，它长久地萦绕在读者心头，甚至让人怀疑小说最初的雏形起于这一对粉白粉白、在弄堂里跳跃的乡下女儿。

皮匠有什么可值得骄傲的？他有许多值得骄傲的地方。他懂得不变的意义，懂得不追随的意义。这位修皮鞋的匠人，比所有人都更知道常识：那些价值几万的鞋子和皮包，说到底都毫无意义；根娣家被宠坏的独生子目中无人实在没有家教；人与人交往要有礼数和分寸；日常生活中的种种都须庄严而郑重……事实上，皮匠有他的精神生活，每晚他都读读书，《说岳全传》《资治通鉴》《检查风云》《今古传奇》《读者》，但他最爱古代的道理。他觉得，当下的事再千奇百怪都出不了古代的道理，当下的变，变不出如来佛的手掌心……

在这个时代，我们每个人都惊讶于世界的剧变，感叹沧海桑田，人事皆非。在我们的时代和世界里，大多数人是以"变"为美，以"变"为价值的，诸多写作者也多渴望书写出这个世界如何被裹挟，可是，似乎还有另一种东西更值得书写。那些在"变"面前的"不变"，那些对"不变"的坚守，恐怕才是隐蔽的、常态的生活密码。

在和张新颖的对话录里，王安忆说写作一部小说的开始，最难的是要找到一个作家的替身，思想的替身。我想，《骄傲的皮匠》的成功首先在于她找到了一个合适的替身，她成功地藏在了皮匠的背后，她捕捉到了普通人身上绽放的一瞬，如何照亮了世界，就像她捕捉到那两个女儿的清新洁白一样。

读《骄傲的皮匠》时，我在想，在这个瞬间便可以摧毁一切的时代，一个贫穷者的骄傲有什么用？在那些面目相似的人群中，谁能辨识出他的骄傲？这个小皮匠真有些像堂吉诃德，他的精神挣扎也有些像在与看不到的巨大的风车搏斗。但是，没有意义便是意义。他身上有"人之所以为人的气息"。

——写出《骄傲的皮匠》的作家值得尊敬。王安忆评述朱天心是一位"刻舟求剑人"，某种意义上，她也是，她深晓不变通之意义。就让那些像流水一样的变化都去吧，这位小说家要写的是生活之下的、那些不变的常态，她专心致志，她心无旁骛，她重构的是一位独立艺术家与所在时代之间的应有关系。

*　　*　　*　　*

阅读版本：

王安忆：《长恨歌》，人民文学出版社，2004年

王安忆：《逃之夭夭》，云南人民出版社，2003年

王安忆：《我爱比尔》，《收获》，1996年第1期

王安忆：《骄傲的皮匠》，《收获》，2008年第1期

那些平凡里的不平凡

关于毕飞宇

2007年,我写过一篇题为《为什么要读毕飞宇》的短文,这位作家的语言,他对事件的理解以及他对创作的精益求精都令我念念不忘。在他身上,有让当代读者着迷的神奇魅力。几年过去,我对他的整体理解依然不变,但今天的我更看重他进入世界的方法,他是可以给读者带来新的理解力的那种作家。

毕飞宇不热衷于大开大阖、戏剧性、传奇性,他感兴趣的从来不是非同寻常的"大事件",而是平凡的、普通的、我们人人都身在其中的日常生活。凭借敏锐的观察力和理解力去捕捉那些"生活常识",用生动美妙的修辞和幽默感使日常生活"风生水起"是毕飞宇的本领,他有能力使我们"熟悉"的世界变得"陌生",有能力使"寻常"的生活变得"不寻常"。

一

以他的短篇小说《相爱的日子》为例。这部作品让我想到鲁迅的《伤逝》。你看,二者有很多的共同点:叙述人都是男性,同是关于爱情,都共同遇到女性的身体和青年人生存境遇问题。甚至两对主人公的身份都很相似——他们都是从外地进入都市的青年(外省青年),小说中的两个人物"他"和"她"与涓生和子君的身份一样,都受过高等教育,都生活在城市的边缘。甚至连贫穷也那么巧合:她住在地下室,他做着城市人谁都不愿意做的工作——清晨在菜市场"接货"。

但两部小说终归不同。除了历史语境的完全相异,小说中的性别关系也发生了变化。涓生与子君之间的导师/女学生、启蒙者/被启蒙者的关系在《相爱的日子》中变成了老同学、"兄妹",他不再是她人生路上的指引者,她也不再把所有的人生都寄托在他的身上。

以我们最朴素的标准看来,《相爱的日子》中"他"和"她"

有那么多的理由可以在一起——年纪相当，彼此关爱、理解和包容，并且，他们也有成为夫妻最为基本的条件：两性相悦。但是，她却选择嫁给另一个人。不论未来生活伴侣是否与她相爱，不论那个男人和她的性生活是否完美，她只在意他有房有车有更高的年薪。难道婚姻生活中两性相悦不是最重要的吗？难道互相关爱和体贴不是最重要的吗？可是，在现实的世界里，对一位贫苦女性来说，没有什么比金钱更吸引人的了——她"理智"地选择富足，远离贫穷。没有犹疑，没有愤怒，没有忧伤。刚才还在床上"呼风唤雨"的两个男女回到现实后冷静而理智，像讨论方程式，像讨论商业计划书般讨论一个人的婚姻与归宿——他和她都深深体会到这个社会对资本/金钱的看重。

作为一无所有的漂泊异乡者，《相爱的日子》中的青年人对那样的社会规则其实愤懑不已——你可以看到他们在酒会上一面虚以周旋，一面在心里暗骂、诅咒；而另一方面他们又迫不及待地加入自己所唾弃的阵营：假装打电话，以示自己很忙，很有资本，以免被人小视。虽然愤怒不满，但最终他们还是被势利的世界打败。在他又一次面试失败，又一次面对别人的鄙视和轻蔑时，毫无资本/金钱的他在床上成了"零分"，这是一语双关——在强大的资本世界里，"人"如此无奈与无能。可也是在此时，人的能量爆发了。

她把他拉到床上去,趴在了他的背脊上,安慰他。她抚摸他的胸,吻他的头发,她把他的脑袋拨过来,突然笑了,笑得格外地邪。她盯住他的眼睛,无比俏丽地说:"我就是那个老板,你就是一摊屎!你能拿我怎么样?嗯?你能拿我怎么样?"他满腹的哀伤与绝望就是在这个时候决堤的,成了跋扈的性。他一把就把她反摁在床上,她尖叫一声,无与伦比的快感传遍了每一根头发。她喊了,奋不顾身。她终于知道了,他是如此这般地棒。

他们用"身体相互安慰",以求在荒凉的世界里活下去。性不仅仅是性,身体也不只是身体。与其说充满激情的性行为是两性相悦,不如说"性"是他们作为人——渺小而又强大的人——向资本世界反抗的方式。这是作为青年的他们最有力量、最无奈、最愤怒的终极反叛。性越有强度,人在现实中的渺小也便越有冲击力。

从这里出发,你会看到《伤逝》与《相爱的日子》两部小说中更重要的不同:《伤逝》中的爱情建立在理想、崇高、微言大义基础之上,它是精神性的——在高尚的爱情阳光照耀下,子君的身体和面容显得苍白而无力。《相爱的日子》中"他"和"她"的关系几乎不涉及"精神性"追求,他们之间的情感更具"身体性":他们"在一起"的前提就是对彼此身体的需要。因而,她的身体在小说中并不苍白,相反看起来生机勃勃。由这相遇的身体看过去,"他"和"她"的生存既"高贵"又"卑贱",由此出发,整部小说便具有了某种"抽象性"和"神采"。性描写在《相爱的日子》中举足轻重——他们之间性生活的迷人很有说服力地使读者相信,尽管未能言爱,但这的确是"爱"的体现。

可是,性终归只是性——充满激情的性终究不过是在床上的、隔离社会的"虚拟"反抗,激情之后,他们又要面对铜墙铁壁般的现实:帮她选择嫁给一个更有钱的男人。

商量的进程是如此地简单,结论马上就出来了。她就特别定心、特别疲惫地躺在了他的怀里,手牵着手,一遍又一遍地摩挲。后来她说:"哥,给我穿衣裳好不好嘛。"撒娇了。他就光着屁股给她穿好了衣裳,还替她把衣裤上的褶皱都捋了一遍。他想送送她,她说,还是别送了吧,还是赶紧地吃点东西去吧。她说,还有夜班呢。

男人赤裸身体给女人穿衣服是仪式。衣饰象喻一个人的社会身份，意味着对赤裸的遮掩，还意味着一种体面。因而，当他赤裸身体为她穿衣时，早已不仅仅是一个动作那么简单。这隐喻了一个男人毫无保留地让他的爱人"体面"，也意味着他对感情的不设防、软弱，以及无可奈何和无能为力。

　　为什么他和她都认为那样的选择理所应当？为什么他们之间有着这样的一种默契？因为他和她有着共同的对"体面"和"幸福"的理解——以金钱的多寡为判断尺度。岂止是他们，难道我们每个人不都被金钱洗了脑、洗了心吗？生活中，我们判断一个人生活是否幸福，不再以是否有爱和尊严，而以是否有钱和房子为标准，一如我们的社会总喜好以 GDP 作为"小康社会"的指标一样。

二

　　《相爱的日子》使我们深刻认识到，用金钱判断幸福、判断安稳、判断尊严和体面成为我们的社会习惯。"习惯是一种契约，协调着个体与其环境、个体与其自身的各种怪癖的关系，习惯是单调的不可违反的事物的保证，是个体生存的避雷针。习惯是把狗和其令人作呕的习性拴在一起的东西。"（贝克特：《普鲁斯特论》）习惯对我们的生存发挥着巨大作用，它麻痹我们的注意力、激情、尊严和爱。

只有当小说家把这个习以为常的选择写成文本,使我们不得不面对、凝视、产生疑问时,习惯才会成为一个问题——《相爱的日子》的锐利就在于让读者看到了"习惯"/"寻常"之下的"不寻常"。

退一步讲,即使他们之间不是相爱,但对丈夫的选择以金钱的多寡而不是以情感是否和谐为标准,这样的标准甚至被认为理所应当——这一细节也令人震动。它并非特例。并非耸人听闻。没有人强迫她主动放弃"他",也没有人对她的放弃表示反对和愤怒,更有意味的是,就连当事者"他"也表达了对这一选择的认同。以前,在我们通常印象中,只有"势利女人"才会做的选择却在这个看起来既善良又体贴的女人身上"顺理成章"地出演了。你在这样的寻常生活中发现,原来,在这个时代里,没有金钱作为强大资本的男女,谈爱、谈尊严已经是种奢侈。

小说家态度复杂——在文本中,即使是起于暂时的一夜情,他们之间也绝不是一般小青年对性快感的单纯消费和找乐,他们的性复杂而温暖,是残酷人生中聊以慰藉彼此的生存手段。叙述人对他和她给予深切的同情和理解。

> 她走之后他便坐在了床上,点了一根烟,附带把她掉在床上的头发捡起来。这个疯丫头,做爱的时候就喜欢晃脑袋,床

单上全是她的头发。他一根一根地捡，也没地方放，只好绕在了左手食指的指尖上。抽完烟，掐了烟头，他就给自己穿。衣服穿好了，他也该下楼吃饭去了。走到过道的时候他突然就觉得左手的食指有点疼，一看，嗨，全是头发。他就把头发撸了下来，用打火机点着了。人去楼空，可空气里全是她。她真香啊。

与其说这是对女性身体的感叹，不如说是对爱的尊严的留恋。小说字里行间都是他和她交往的琐屑——它们朴素、平淡到极致，却有着某种属于生活本身的神性与光泽。小说讲述的是他和她，但那种面对现实的困窘与无力，那种既爱又无力爱的心境，难道不是现实中"我"和"你"，"她"和"他"，以及我们每一个人际遇的缩影吗？

小说中"相爱的日子"如此家常，如此亲切，如此令人向往和留恋。当小说以"相爱的日子"命名却又以试图嫁给有钱人结束时，几乎每个读者都深刻感受到了资本/金钱在小说字里行间的强大与无处不在——在没有爱情话语的笼罩之下，小说讲述了一次"相爱"以及这场相爱在生活中的不得不覆灭。

这是小说的核：一方面"他"和"她"以相爱的身体对资本

的阴影进行反抗，一方面又不得不对这个巨大的阴影妥协，滑进阴影里——在资本面前，爱与尊严都变得那么无足轻重。《伤逝》中，子君与涓生是并不畏惧世俗的青年，他们是强大的，强大到可以不认同他人/社会的判断标准；而在《相爱的日子》里，世俗的判断深刻影响着他们的行为，他们不得不接受。如果说《伤逝》借"子君之死"发现了神圣爱情话语的某种虚无，是对流行的爱情文化的一种"反动"，那么，《相爱的日子》则借"相爱"书写了生活在边缘世界里的青年们的生存困窘：金钱化伦理关系进入了原本朝气蓬勃的青年人的血液中，使他们习惯性无视和掩藏内心最真挚和最柔软的情感。

三

一部这样的小说，既不赞同爱情的盲目，也不曾首肯在金钱下爱的低头，应当怎样理解？我以为，讨论"他们为什么不选择在一起"比讨论"他们到底是不是真的相爱"更贴近小说本身。如果说他们相爱，那么结尾是选择了分手；如果说他们不相爱，那么，他们之间却有着那么迷人的性。这是尊严与资本、爱与性之间的矛盾，这是小说的悖论。读完小说，当我们脑海里的"为什么不能在一起"

突显时,《相爱的日子》的魅力也就浮出:爱与不爱不是首要问题,如何活下去,如何体面地活下去,正日益成为都市边缘青年们的"生活常识"。对资本的渴望压倒了对爱的向往。

《伤逝》中涓生明白了:"盲目的爱——而将别的人生的要义全盘疏忽了。第一,便是生活。人必生活着,爱才有所附丽。"——鲁迅当年思考的问题,现在以另一种面容呈现在我们的面前。如果说1925年的爱情吞去的是一个人的生存状态的话,那么现在,无所不在的隐形毒蛇般的"经济"以及因此派生出来的权力是空气,它们从来没有像现如今这么无孔不入地渗透进我们的生活。如果说八十年前"相爱"的困窘让我们先想到如何去"生存",那么此刻,我们面对的现实却是"生存"完全淹没了我们的"相爱"以及对"相爱"的感受。于是,当我们可以自由相爱时,我们不能确信、珍视和追求我们的"相爱",我们依然有逃不脱的枷锁。

迷人的爱与疼痛的故事背后是中国社会在现代化进程中的负面代价:金钱/资本成为衡量人是否体面的唯一标准。在越来越金钱化的世界里,贫苦的人们没有爱的资本和权利。金钱化的婚姻,已经成为我们日常的最基本的伦理关系。没有金钱,我们就不能生存,就不能体面,就不能获得尊严和尊重。这些思考不仅只体现在《相爱的日子》里,也体现在毕飞宇近来的一系列作品,如《彩虹》《家事》《大雨如注》《睡觉》等之中。当小说家持续关注人的主体性在中国社会里的习惯性妥协时，其实是对已然成为生活常识和生活习惯的人与人之间赤裸裸金钱关系的深度凝视和痛切思考。

* * * *

阅读版本：

毕飞宇：《相爱的日子》，《人民文学》，2007年第5期

痛楚和百感交集的阅读旅程

关于格非

第一次读《春尽江南》我就被深深吸引。它使我意识到，在虚构的世界里，作家格非在尽可能创造和构建一个别样的现实，一个脱胎于当下但又比当下更触目惊心的现实。在当代中国，如何书写现实是困难的，这几乎是每一个作家的困境。格非的意义在于，他在可能与不可能之间寻找到了如何谈论现实和精神疑难的方式。并不夸张地说，《春尽江南》以其独有的声调、深入的洞察力以及直面现实的勇气成为2011年长篇小说中最具代表性的作品，是直面时代并准确传达时代气质的作品。

以上评价我曾写进"2011年中长篇小说综述"里，它后来被收进《2011年中国文学年鉴》。这一次重读，我的整体判断依然不变，但"重读"委实也有陌生的新鲜——比如端午阅读《新五代史》的种种感慨，小说中对人的各种分类的理解，缠绕在小说中的纵横交错的诸多社会案件。不得不承认，对好小说的重读妙不可言，它会将你最初阅读时的遗漏拾捡、放大。一本旧书，经由重读，会变成新书，新如朝露。

葫芦案里葫芦案

许多不相干的现实故事和社会案件缠绕在《春尽江南》中，围绕在前诗人谭端午身边。这也难怪，端午的妻子家玉是律师，常常遇到各种匪夷所思的案件：一个人杀害他情敌全家。一个父亲在被杀害之前聪明地为他的儿子递眼神，使他躲过灾难。端午的富豪朋友，在拆迁过程中遇到暴力抵抗，后来在家门口被杀死。端午的红颜知己绿珠，家境良好的女孩子得了忧郁症。端午的女同事与富商暧昧，陷入复杂的情感纠葛。端午的兄长由富翁转而成精神病患者。端午的妻子对儿子教育的歇斯底里，她的肉体不断出轨……当然，还有端午家庭本身所遇到的案件——因在中介公司遗失房本而带来的房屋被转租强占，最后不得不以黑道方式解决。

所有的故事对我们并不陌生，它们常常出现在社会新闻里，但在小说中出现时它们分明具有陌生化的特点，有震撼性，并没有不同新闻事件放置在一起的生硬。这些事件不与现实画等号，它们大于我们所认识到的现实。比如关于那个灭门案。在被问到何以造成灭门惨案时，罪犯吴宝强并无悔意："你问我为什么杀那么多的人，我简单告诉你四个字，多多益善。我知道他们家有几口人。不杀到最后一个，我是不会罢手的。因为在我脑子里，杀人和赚钱的道理是一样的。多余的钱，用不了，可存在银行里，你的心里照样会挺舒服的……因为杀人就好比赚钱，多赚一点是一点，多赚一个是一个……人活着总要赚点什么，哪怕是没用的东西。"贪婪。暴虐。罪恶。振振有词的言语中分明有一种戾气，一种无理，一种对恶的安之若素。

读《春尽江南》，我不止一次想到"现实感"这个概念。小说中许多事情的发生正如我们在新闻里所看到的那样。但是，我们并没有将这样的作品理解为新闻事件串烧版，更没有将之理解为现实的再现。格非深谙"新闻"与"文学"之间的不同："新闻是一种短时效的消耗品，它是即用即弃的，我们读完一则新闻，意味着完全占有它，获悉事件的起始、发生、发展和结果及其影响等所有信息。也就是说，新闻是可以被完全消费的阅读对象，没有什么剩余。而文学创作则不同，在某种意义上，它可以被消耗，但真正的文学作品往往不能被阅读所穷尽。当我们读完一部小说时，我们固然已经消费了它，但总有一些不便消化的硬核会存留下来，既然如此，我们马上要问，这个硬核到底是什么。"（格非：《文学的邀约》）——这个硬核是什么？我想是"文学性"，是文学对现实经验的那种超越。

《春尽江南》中，格非有属于作家的敏锐而细密的触觉，也有非同一般的文学表现力。小说细节的真实和及物是最为重要的，端午泡茶使用的"农夫山泉"，绿珠开的车是MINI Cooper，他和绿珠讨论的诗人是翟永明，孩子宠物鹦鹉的名字叫佐助。一切都是现世的、具象的、真切的。在这样的真实基础上，文学才有超越新闻的可能性。

关于如何表现一个时代的现实，以赛亚·伯林有很重要的看法，他说每个时代都至少有两个层次："一个是在上面的、公开的、得到说明的、容易被注意的、能够清楚描述的表层，可以从中卓有成效地抽象出共同点并浓缩为规律；在此之下的一条道路则是通向越来越不明显却更为本质和普遍深入的，与情感和行动水乳交融、彼此难以区分的种种特性。以巨大的耐心、勤奋和刻苦，我们能潜入表层以下——这点小说家比受过训练的'社会科学家'做得好——但那里的构成却是黏稠的物质：我们没有碰到石墙，没有不可逾越

的障碍,但每一步都更加艰难,每一次前进的努力都夺去我们继续下去的愿望或能力。"(以塞亚·伯林:《现实感》)

《春尽江南》所做的毫无疑问是后者,是向那最不可能的地方一点点探进,再探进。

人与非人,活人抑或死人

《春尽江南》在细节与事件中追求一种具象的真实,但同时,小说也罕有地具备对当代社会的整体性认知。比如小说中提到的许多人物对人群构成的不同理解。端午母亲将人分为"老实人"和"随机应变的人"。哥哥将人分为"正常人"和"精神病"。绿珠把人分为"人"与"非人"。冯延鹤将一切他所不喜欢的人称为"新人",即"全新的人种","这些人有着同样的头脑和心肠。嘻嘻哈哈。浑浑噩噩。没有过去,也谈不上未来。朝不及夕,相时射利"。妻子家玉则将人分为"死人"或"活人"。活人中,有享受生活的人,也有行尸走肉。端午酷爱布莱希特,布莱希特曾把人区分为"好人"和"非好人"。可是,在端午看来,老布的身后,这个世界产生了更新的机制,那就是鼓励"坏人"。

小说中也提到人类历史上那些关于人的分类概念,比如,早期的殖民者曾将人类分为"文明"或"野蛮"。再比如,近几十年来,中国出现的"穷人"和"富人"的僵硬的二分法。在端午看来,"它通过改变'穷人'的定义——精神和肉体的双重破产、麻烦、野蛮、愚昧、危险和耻辱,进而也改变了'人'的定义——我们因担心陷入文化所定义的'贫穷',不得不去动员肌体中的每一个细胞,全力以赴,未雨绸缪"。

端午对人的划分中,也有牺牲者和偷生者的分别。成为律师的家玉,看到一个个案件。一位父亲死去,聪明地保护了自己的儿子,但儿子还是没能躲过死神,他患白血病死去。那位失去儿子和孙子的老奶奶,从不把这两个人的死说成死,而称之为"牺牲"。由此,小说中也带来了一段关于牺牲的认识。

> 形形色色的个人,因为形形色色的原因而不明不白地死去。不幸的是,他们都死在历史之外,属于某个偶发性事件的一个后果。甚至没有人要求他们做出牺牲。他们是自动地成为了牺牲品。究其原因,无非是行为不当,或运气不好……用端午的话来说,就像水面上的气泡,风轻轻地一吹,它"啵"的一声就破了。有时甚至根本听不到任何声音。他们的牺牲强化了幸存者的运气。他们的倒霉和痛苦成了偷生者的谈资。

这些想法，被嵌进了端午的诗歌《牺牲》中。可是，它几乎没有读者。

丈夫把那首刚刚完成的《牺牲》给家玉看。可家玉只是匆匆地扫了一眼，就把它扔在了一边。无聊。她说。端午老羞成怒地叫道："你至少应该读一读，再发表意见……"

"哎哎哎，叫什么叫？别总说这些没用的事好不好？你难道就没有发现，马桶的下水有些不畅？打个电话叫人来修一修，我要去做头发。"

有用，无用。成功，失败。牺牲，偷生。与那些在各种意外事件中死去的人相比，端午显然属于幸存者，或偷生者。他常常感到痛苦，但也对现实无能为力。恍惚，无力，失败感总是如潮水般袭来。端午的活着是被动的，随遇而安的，恶的和善的都不足以让他吃惊。他像个旁观者一样看着自己的生活。想当初，80年代的他多么意气风发！他以诗人的名义云游天下，受到文艺女青年的追捧。他曾经情绪激进、眼睛血红、声音嘶哑地以为真理在握，但后来发现不过是一种偶发的梦游。走出校门后，他与有一夕之欢的秀蓉再度重逢，

77

结婚，生子，在地方志办公室里混日子。人到中年为世俗生活——拆迁、腐败、婚姻、孩子教育——所困。现实世界中的一切于端午而言都是无奈的和无能为力的。

为什么《春尽江南》中的诸种社会问题交织在一起会给人陌生而震惊的体验？因为端午以及家玉两个人物形象的鲜活。他们从芸芸众生中走出来，成为"这一个"。格非深刻认识到我们这个时代经验同质化趋势的可怕。"经验的同质化趋势，已经弥漫于我们日常生活的几乎所有领域。它不仅使得主体性、独异性、个人化等一系列概念变得虚假，同时也在败坏我们的文化消费趣味。"（格非:《文学的邀约》）《春尽江南》的出版意味着他已经寻找到了最恰切地表达我们这个时代的集体经验的方式，"追求特殊性的经验本身没有什么意义，重要的是我们的经验如何在语言的上下文语境中和复杂的文化系统中得到确认、留下记忆并产生特定的意义，这才是当代写作需要面对的迫切问题"（格非:《文学的邀约》）。

读者们都感受到了家玉和端午的疼痛。他们是这个时代有"心"之人，有精神痛感的人。端午以失败者身份自居，从始至终都在躲避，使自己彻底成为世界的"多余人"，表明了他对时代风尚的一种背叛。而成功人士家玉则因癌症被唤回，她的出轨，她的不择手段，她在孩子教育上的歇斯底里，都因她的疾病被治愈。她同情案宗里的百姓，她哭泣不能自已，她不再逼迫孩子成为考试机器，最终她也选择独自结束生命。

——当我们谈论端午和家玉时我们在谈论什么？我们讨论的是这个时代知识分子的精神际遇，讨论的是有"心"之人的痛楚，讨论的是目下生存者泯灭的痛感，讨论的是自我麻木、对一切安之若素的灵魂。小说关注的是此时代的物欲横流及人心的溃败，它关注的是人的自我沉溺、自我逃遁、自我挣扎、自我搏斗，小说写出了我们时代的精神世界。

"诗人"的增魅与去魅

面对这个时代，端午看起来什么也没有做过，仿佛是个袖手旁观者，但对过往的念念不忘，那些他阅读的诗章和古书都表明，他在思考，在抵抗，即使这样的抵抗是徒劳的。小说中他阅读《新五代史》的行为令人难忘。叙述人说，那是一本衰世之作，可是，借陈寅恪的说法，欧阳修几乎是用一本书的力量，使时代的风尚重返醇正。那么，读书人端午的感受如何？

端午在阅读这本书的过程中，有两个地方让他时常感到触目惊心。书中提到人物的死亡，大多用"以忧卒"三个字一笔带过。虽然只是三个字，却不免让人对那个乱世中的芸芸众生的命运，生出无穷的遐想。再有，每当作者要为那个时代发点议论，总是"呜呼"二字开始。"呜呼"一出，什么都说完了。或者，他什么话都还没说，先要酝酿一下情绪，为那个时代长叹一声。

呜呼！

呜呼！这是作为读者的叹息，也是作为今日在场者的感慨。"诗人""诗意"是《春尽江南》中隐含的最重要的关键词。小说故事情感的开始缘于端午的诗人身份。但是，即使是在80年代，诗人和他们的时代真的那么美好和纯洁吗？小说给诗人这一身份以"增魅"，同时也在消解——诗人毫无愧疚地勾引文学女青年，与他们的血气方刚主人翁姿态共在。诗人们的好时光在80年代末随着海子的去世戛然而止，这之后，不仅仅是诗与诗人变得一钱不值，共同贬值的还有对精神生活的追求、对人纯洁美好的向好。诗人的时代不一定是完美的，但那个时代至少还有朴素的纯真和信仰可言。当秀蓉变成家玉，当诗人时代远去，我们便会比任何时代都认识到目下的破败：每一个人都在急功近利，并以此为荣。

读这部小说常常让人想到《红楼梦》的结尾,事实上它的结尾也是破败,家玉自杀;世事无常:

> 在整理家玉的遗物时,端午从妻子那本船舶工程学院的毕业纪念册中,发现了自己写于二十年前的几行诗,题为《祭台上的月亮》。
> 它写在"招隐寺公园管理处"的红栏信笺上。纸质发脆,字迹漫漶。时隔多年,星移物换之中,陌生的诗句,就像是命运故意留下的谜面,诱使他重返招隐寺的夜晚,在记忆深处,再次打量当年的自己。
> 他把这首诗的题目换成了《睡莲》,并将它续写至六十行,发表在《现代汉诗》的秋季号上。

附录的那首六十行诗令人心动和心痛,其中蕴含着端午的个人秘密、我们这个时代和现实的诸种痛楚。这使我们不得不回看小说的来处,它的起笔:

> "现在,我已经是你的人了。"
> 秀蓉躺在地上的一张草席上,头枕着一本《聂鲁达诗选》,

满脸稚气地仰望着他。目光既羞怯又天真。

这洁净而又迷人的开头里,头枕着《聂鲁达诗选》的女孩是贞洁的,使人不得不期待故事走向的美好,但同时也不得不接受阴差阳错、残酷凛冽、百孔千疮的现实。

这样的起头与结尾,注定了我们的阅读将和端午之于《新五代史》的阅读感受相类,那是双重阅读——是直抵灵魂深处的探秘,是自我反省、自我审视、自我拷问,是伤怀不已和百感交集的心灵之旅。

*　　*　　*　　*

阅读版本:

格非:《春尽江南》,上海文艺出版社,2011年

对存在意义的执迷

关于刘震云

青年小林的成长谱系

据说，很多文学作品里，主人公姓甚名谁都颇有"学问"。现在，我能马上想到的例子是《红楼梦》，比如贾雨村，名字谐音是"假语村（言）"；英莲，"应怜"；元春、迎春、探春、惜春的名字合在一起是"原应叹息"。这有点像密码，研究者们经过拆解和探秘，可以推导出一个结论，即，在写作之初，曹雪芹在心里早已有这些人物的命运走向，或者他的价值判断尺度。现当代文学作品也讲究人物姓名，当一个人物是负面形象，小说家往往会给他一个容易让读者产生负面印象的姓氏，比如"刁""卜"等。更有意思的是，在构思正面人物形象时，小说家常偏爱某个姓氏，比如"高"，还比如"林"。尤其是"林"，小说家总会不约而同地使用这个姓氏给青年人，比如《青春之歌》里的林道静，比如《组织部来了个年轻人》里的林震，他们在小说中常常被同事或朋友称为"小林"。

不知有意无意，刘震云的《一地鸡毛》和《单位》里的男主人公也起名为"小林"。虽然此小林非彼小林，但把杨沫的小林、王蒙的小林、刘震云的小林放在一起，却可以看到当代中国青年小林的精神生活成长史。

《青春之歌》里，作为一位小资产阶级知识分子，林道静经历了生活的洗礼，她勇敢地甩开她的"自私自利""独善其身""薄凉冷静"的前夫余永泽，而与共产党员丈夫结合，从而成长为一位有着共产主义理想和信念的革命者，一位合格的革命青年。这位小林以她脱乎世俗的道路而进入了"正统"，成为当时一代青年的完美偶像。林道静的生活际遇某种程度上是一种象喻，象喻了那个年代青年的精神向往。

《组织部来了个年轻人》中的"小林"，则代表了20世纪50年代青年的所想所思。这位被分配到组织部工作的年轻人，有着强烈的主人翁责任感，他看到官僚主义表示气愤和不满，主动向领导反映，希望不公正不合理的现象得到解决。在这位小林身上，潜藏有

50年代青年渴望成为国家栋梁的热望。

刘震云的小林与王蒙的小林具有对话色彩。《一地鸡毛》里的小林,生活在80年代末、90年代初,这个时代的人开始讲究实际利益,讲究经济利益,同样在国家机关工作,这一个小林陷入了实际的物质困扰里。人际关系复杂,身陷权力金字塔的最底端,这已经让人够郁闷的了,更郁闷的是没有钱。没有钱,老婆调动工作比登天还难;没有钱,会被邻居笑话;没有钱,甚至小保姆都瞧不起你,可以给你脸子……

在这位小林的世界里,革命、理想、主人翁责任感统统都跑到爪哇国里去了,他目力所及的是物质带来的种种艰难。这是物质带来的震惊体验,似乎第一次,物质以如此清晰的模样呈现在来自偏远乡村的大学毕业生面前,这使他开始重新认识生活,认识生存。这是与校园不一样的生活,与书本不一样的生活,与理想不一样的生活,所有的一切都是如此地不一样。但是,它却又是实实在在的。与物质和金钱有关的一切像鸡毛一样无边无际地把小林包裹,搅动起了他毕业后的人生。林道静、林震,那两位英姿飒爽的小林前辈俱往矣,今天的青年,全部为"物质"所困。刘震云以《一地鸡毛》《单位》不仅仅开启了"新写实写作",也开启了我们为"物质"所困的震惊之旅。

作为生活／故事搅拌器的"物质"

"小林家一斤豆腐变馊了。"这是刘震云《一地鸡毛》的开头。"豆腐"是重要的,它是风眼。能不能买到豆腐,能不能买到好的豆腐,能不能买到豆腐再按时赶上班车,对于在大机关工作的小林而言至关重要。清贫的机关科员小林的生活因"豆腐"而展开。算账是刘震云小说的特点,《一地鸡毛》里,在"小林家一斤豆腐变馊了"之后是这样一段叙述:"一斤豆腐有五块,二两一块,这是公家副食店卖的。个体户的豆腐一斤一块,水分大,发稀,锅里炒不成团。小林每天清早六点起床,到公家副食店门口排队买豆腐。排队也不一定每天都能买到豆腐,要么排队的人多,排到,豆腐已经卖完了;要么还没排到,已经七点了,小林得离开豆腐队去赶单位的班车。最近单位办公室新到一个处长老关,新官上任三把火,对迟到早退抓得挺紧。"

正如我们所知,故事开始的这个早上,小林是不顺利的,他买到了豆腐,但却误了班车,误了班车,误了也就误了,部长今天开会。但没想到是一个新来的大学生记考勤,他给他画上了迟到,虽然小林改过来了,但"气"到底是不顺的。接下来又是关于豆腐的事情,辛辛苦苦买的豆腐一着急忘放冰箱里了，晚上回来，它馊了。

以豆腐为切口，我们看到了小林那鸡毛蒜皮的人生。水费，他们家用"滴水"的方式偷水。班车，家门前没有班车，老婆上班极不方便，这使她绝望地想调动工作。可乐，因为要调工作，所以要送礼，要送什么礼，贫穷的小林能送得出手的是可乐。可是，领导哪里看得上一箱可乐？但可乐到底也是好的，孩子可以喝上了。对了，还有面条。家乡来人，老婆就在家里做面条吃。面条方便，面条快捷，更重要的是，面条便宜，这样的做法很让人瞧不起。可是，又能怎么样呢，谁让小林没钱呢？

——这些生活中看起来着实不起眼的物件，这些在理想生活里不值一提的东西，在这位小林生活中居然占有如此重要的地位。谁能说水费不重要呢，就因为偷了几吨水，查水表的大爷可以在小林家随便聊天；谁能说班车不重要呢，因为没有班车，小林老婆疲惫不堪，这甚至影响到了他们夜晚的夫妻生活；谁能说面条不重要呢，家乡的老师来看病，家里只能煮面条招待，这让小林面对自己敬爱的老师情何以堪；谁能说可乐不重要呢，一箱可乐虽然没有送出去，但到底解了孩子的馋……

刘震云有一种特殊的本领，他能将生活中最琐屑的故事讲得有声有色，这与他能准确选择到标志性的物件有很大关系。这些物件在他笔下不仅仅是物质，而是"力量"，是故事的推动力。豆腐、可乐、面条、班车，就像看不到的钉子，牢牢地把一个好故事讲得严丝合缝，逻辑谨严。这是刘震云最擅长的一项本领。《单位》里也有类似的手法。如何讲述单位里的无趣而复杂的人际关系，刘震云便从"分梨"说起。

物质搅扰小林的生活，物质也改变小林的精神生活。《一地鸡毛》的结尾，老婆突然对小林说不调工作了。

"怎么不调了，你对单位又有感情了？你不怕挤公共汽车了？"

小林老婆说："感情谈不上，但以后不挤公共汽车了。我们单位的头头说，从九月份开始，往咱们这条线发一趟班车！你想，有了班车，我就不用挤公共汽车，四十分钟也到了。自己单位的班车，上车还有座位，这不比挤地铁去前三门单位还好？小林，我想通了，只要九月份通班车，我工作就不调了。这单位固然不好，人事关系复杂，但前三门那个单位就不复杂了？看那管人事头头的嘴脸！我信了你的话，天下的老鸦一般黑。只要有班车，我就不调了，睁只眼闭只眼混算了。这不是工作问题解决了！"

瞧,物质多么让人烦恼,物质又多么让人快乐,那由物件豆腐带来的诸多烦恼,终于在物质"班车"那里获得了解决。小说最后也因此产生了亮色,我们甚至可以跟小林家一起松一口气了。

大家情绪很好。孩子的病也压过去了。吃饭时大家喝了啤酒。晚上孩子保姆入睡,两人又欢乐了一次。欢乐时两人又很有激情。欢乐之后,两人都很不好意思。昨天欢乐,今天又欢乐,很长时间没这么勤了。接着两人又抚摸谈心,说九月份。九月份真是个好日子,老婆工作问题解决,孩子入托辞退保姆,家里可节省一大笔开支。两人又展望起未来,憧憬九月份的幸福日子,讨论节省下的开支如何应用……

小林甚至想到了要让与他们家有矛盾的保姆赶快"滚蛋"。"老婆与保姆矛盾很深,听小林这么说,也很高兴,又亲了他一下,翻过身就睡着了。"故事的最后还是让人开心的,班车带来了夫妻生活的快乐,带来了平凡生活的亮色。和小林一起困在"物质"世界的读者,大概也可以松口气了。

刘震云讲述的是那些实实在在困扰着人的琐碎的生活,讲述的是我们的生活如何被那只逃不过的"物质"之手所搅动。但是，他与其他沉湎于"写实"的作家之不同在于，他有能力将小说从琐碎中解脱出去，他有能力使整部作品有某种质感。看起来，小林的生活卑微而无趣，小林未必没感觉。尤其是讲到夫妻连着两天两次"欢乐"的"不好意思"，其中是否有某种酸楚？这是小林想要的生活吗，这是他们渴望的生活吗？小林未必没有困惑。把所有人物的命运放在最为日常的生活中，用实物、行动及话语来表达他们内在的精神困窘，这是刘震云小说的最大特色，它们在《一地鸡毛》时代就已显山露水。

无以倾诉，无以安身

《手机》里，作为节目主持人的严守一并不有一说一，相反，他常常口是心非，谎话连篇。《一句顶一万句》里，平民杨百顺的人生也非一顺百顺，而是四处奔波、颠沛流离。无论是严守一还是杨百顺，他们的际遇、性格、命运与他们的名字形成了某种对话，或者反讽，并且,他们的生活似乎都被一种叫"语言"的东西困扰了。不,《手机》里的严守一似乎并不是被语言困扰,而是被"手机"困扰。看看21世纪以来的物质如何搅动我们的生活吧，《手机》里包含着答案：手机改变了我们的时空观念、我们的书写观念、我们的认知观念，更重要的是，它改变了我们的沟通方式。电话里的阴差阳错卿卿我我，短信里的你来我往暧昧调情，男女间最灰色最见不得光的一面都可以在手机里呈现。选择手机切入我们的日常生活是刘震云的聪明之选，但他真的只是在说手机吗？手机不过是"语言"沟通的载体罢了，不过是一个工具罢了。刘震云想要说的，恐怕是人与人之间的交流吧？夫妻之间的欺骗，朋友之间的欺骗，情人之间的欺骗，一个人想得到别人的真话怎么那么难？一个人想说一句真话怎么那么难？《手机》写的是人的无以倾诉，无以诉说。

《一句顶一万句》比《手机》更进一步，它写的是人内心里的孤独和无助。特别有趣的是，这部小说开头还是与"豆腐"有关。"卖东西讲究个吆喝。但老杨卖豆腐时，却不喜吆喝。吆喝分粗吆喝和细吆喝……"年轻人杨百顺家里是卖豆腐的，但他却渴望成为另一种人，他想成为喝丧的罗长礼，大声地用声音吃饭，用声音畅快表达。但杨百顺终究未能成为他想成为的那个人，他的人生中，常常是他不想成为什么，却偏偏总遇到"可能性"。于是，在这部产生于乡野的小说中，我们看到杨百顺是如此地奔波，如此地无助，如此地不走运。他学各种手艺都半途而废，信过主，糊里糊涂结过婚，但都没办法成为他想成为的人，过上他想过上的生活。我们就那样看着杨百顺一个人东奔西走，无以安身，刘震云在写他的命运时常常喜欢用的一个句式是"本来他想"，"但没想到"，"他只好，他只能……"许多人说到这部小说的"绕"，但这样的"绕"在《一句顶一万句》里并不是缺点，杨百顺想这样，没有想到，最后他只能……这便是整部小说中人物的命运轨迹。作为语言形式的表达和作为语言内容的表达在这部小说里相得益彰。

事事不如愿，事事不如意，杨百顺百无一顺。而最大的不如意则是，杨百顺走在茫茫大地上，却没有一个能说得上话的人。他们总是和他说岔了，或者说，他总是和别人说的不是一回事——当"王顾左右而言他"时，两个人话密到一万句又怎样？如果不贴心还不是空的、瞎的？我们看着这个杨百顺的孤独之旅，没有办法不想到刘震云小说的一以贯之的"执迷"：我们为什么活着，我们活着是为了什么，什么样的活着才有意思，才有意义？

小林、严守一、杨百顺，他们都有不同的活法，但困扰他们的东西几乎是一致的，作为形而下的物质是外在的，作为形而上的精神困窘才是本质的。《一句顶一万句》深得水浒遗风，它简洁、有力，却独有民间性、草根性和普适性。如果说小林的问题是时代青年的问题，严守一和杨百顺似乎超越了他的时代，在明代，在清代，在今天，在未来，我们会不会遇到话语的孤独，会不会遇到存在的困窘，会不会问上一句我们为什么活着——会不会,我们在夜深人静之时感叹:这世间能找到说个真心话的人何其难!

  会的,我们会的。他们消失,我们成长;我们消失,另一代人成长,人生便是如那海浪般——也许每个时代遇到的物质困难是不同的,但精神的困窘却相仿。这便是优秀小说家刘震云的理解力。从影视剧创作中可以抽身而出,写出人的大困惑和大困窘,从"一地鸡毛"的写实创作中上升到存在高度去认知世界,刘震云经历了千山万水的蜕变,甚至是涅槃。不过,今天看起来,一切都是值得的,也是自然而然的。从那部"一地鸡毛"为题的小说中,其实已经包含了他未来写作的许多重要因素,即,对何为生存的沉迷,对何为生存意义的寻找。我想,这是刘震云之所以是刘震云的原因,也应视作他写作的重要母题。

*   *   *   *

阅读版本:

刘震云:《一地鸡毛》,长江文艺出版社,2011年

刘震云:《手机》,作家出版社,2009年

刘震云:《一句顶一万句》,长江文艺出版社,2009年

凝视作为"现实"的世界

关于苏童

一

阅读苏童,对于身为北方人的我来说,曾经意味着阅读"南方"。南方的潮湿,南方的诡异,南方的颓败,南方的阴暗,南方的激情,南方的性感和南方的力量,都那么奇妙地聚拢在他白纸黑字的世界里。苏童,是命名为"南方"的纸上王国的奠基人。

这是一片既辽阔又狭窄,既诗意又幽暗的、能闻到发霉气息的所在。尽管我们可以把这个宽广的版图命名为"南方",但是,这南方其实有着独特的自治区划分:枫杨树是故乡的名称,还有一条常要发生故事的香椿树街,在这条街上,有少年奔跑的城北地带。

暴力如影随形地跟随着他们，他们打沙袋，寻思着如何武功高强——内心深处的暴力情感如野草般疯长，刺青成为图腾。他们成长，流血，死亡，他们叫达生、小拐、顺德或者红旗，身体里有过朦胧的情欲。香椿树街上，城北地带里的这群少年与"文革"岁月永远在一起。

香椿树街是多么美丽的名字，可是，它曾经与我们通常意义上理解的"美"相去万里。这里的里弄永远是短小的，河流永远是肮脏的，阁楼永远是灰暗和压抑的，生活永远是琐屑与无聊的，少年永远是顽劣的和长不大的。站在临街或者傍河的窗子边，你可以看到家家户户的腊肉和晾晒的衣服。石头上长满暗绿色的青苔，世界毫无希望，不明亮，不妩媚，不优雅。

在香椿树街，死亡是常常发生的，暴力也是一样，但都并没有承载多少沉重的内涵。在革命历史写作中，暴力被视为推动社会变革的力量，是革命的必要方式，它具有合法性。而在苏童以及其他先锋派小说家那里，暴力、鲜血被剥离了这样的功能。少年暴力缩减到身体的纯粹经验，个体的暴力往往是盲目暴力。南帆对此分析说，死亡及悲剧在先锋作家作品中"失去了社会学或者心理学的深度……先锋小说之中悲剧的意义已经转移到叙事层面上。死亡不断地出现，但死亡主要是作为一种叙事策略巧妙地维系故事的持续过程"，"尸体即是叙事悬念——（就像）许多侦探小说都喜欢用尸体作开场白"(南帆:《再叙事:先锋小说的境地》)。对这一说法王德威颇为认同,由此他总结道,"苏童一辈的作者从不汲汲探求死亡之所以发生的动机。宿命成了最好的借口……究其极,他们所爱好的是死亡景象而不是死亡原因"(王德威:《南方的堕落与诱惑》)。

是的,在苏童早期香椿树街故事里,小说呈现的是暴力的恐怖,而暴力发生的土壤以及何以发生并非作家所关心的。但是,苏童并未止步于此。近十年来,他的香椿树街故事正在隐秘发生变化。比如《西瓜船》。小说中,香椿树街故事中那个封闭的空间慢慢被打破,香椿树街依然有鲜血、有争斗、有偶然的死亡、有愣头青小子,依然有一个少年冲动之下杀死了另一个少年。但这只是小说开始,与血有关的争斗是"虚写",小说关注的是少年被杀之后。叙事人和被害人家属一起看到了杀人少年的母亲陈素珍家卧室里的饼干,乡下人面对饼干的愤怒这一细节被叙事人敏感地捕捉到,他由此将城乡之间的壁垒书写得合理、结实、坚固,这是小说故事走向最重要的根基。当然,愤怒和争斗不再是苏童故事的结尾。苏童看到了那个年迈的妇人,那个目光混浊、被丧夫丧子之痛折磨得麻木的妇人,福三母亲。她隐忍、和气、善意、谦卑的态度,使香椿树街人内心发生了改变,他们和她一起去"寻船"。这并不仅仅是寻船,他们似乎都应该寻找这个被坚硬、敌对遮蔽的世界的本相、人内心中本该有的柔软、和善。

《西瓜船》里，苏童依然使用了"我们"的讲述方式。在他早期的作品里，读者很容易地捕捉到作为懵懂少年的"我们"，可这次，"我们"是谁呢？不仅仅是少年人，《西瓜船》里是穿越时光的人的目光，是当年的少年，此时的中年人，他贴近地看着香椿树街里的一切，用一种复杂的眼神注视着彼时那位摇船的妇人，静静地听她的讲述："前年我家老头子病殁了，去年春上猪圈里闹猪瘟，死了三头大母猪，今年是福三出事情，一年一灾，我眼泪哭干了，我一哭眼睛痛得厉害，眼睛一痛头疼病会犯，犯了头疼病我就没力气摇船了，我不能再哭的，我要把船摇回家的。"这是位坚韧的妇人、坚韧的母亲，叙述人的目光不曾远离她：

看得出来她是要告别了。福三的母亲要和码头上的人告别，可是离得远了她什么也看不清，看不清楚码头上站立的哪些是香椿树街的好心人，哪些是酒厂堆积如山的黄酒坛子，她就突然跪下去，向着酒厂码头磕了个头……就这样，松坑的最后一条西瓜船，也在九月的一个黄昏离开了酒厂码头。据去过松坑修理拖拉机的王德基估算，此去六十里水路，定要在水上过夜了。福三的母亲毕竟年纪大了，她摇船的姿势看上去不像其他松坑人那么流畅,也许是累的,她摇得很慢,船也走得很慢,看上去不是她摇着船走,是船领着她向下游而去。船向河下游而去,那是松坑的方向,福三的母亲虽然眼睛不好,松坑的方向应该是永远记得的。

结尾的叙述句句落到实处,但情感却流动起来,那是读者和作家共同积淀起来的情感,《西瓜船》具有强大的说服力。《西瓜船》使人注意到苏童对现实逻辑的分外关注。读者对故事的信任感也由此建立。此种现实逻辑不仅仅指争斗原因,也包括对福三母亲"此去六十里水路,定要在水上过夜了"的细节讲述。这部小说中,人物行为是受限的,人和人的关系,并不是作家随意想象任意而为。读者因叙述人耐心而富有理解力的讲述而对福三母亲抱有深深的同情。

从对《西瓜船》的阅读出发,我们会认识到南帆和王德威对苏童早期小说的判断应该加以修正。《西瓜船》中,苏童详细写了暴力和死亡发生的原因,以及死亡带来的人们的心境变化,世事变化。苏童不仅仅写了一种偶然死亡,还写了死亡何以发生以及死亡之后的结果。死亡在小说里并不轻易,它是沉重的,是令人伤心和难过的,它牵连诸多人物的真切情感。《西瓜船》是有节制、有秩序的叙事,这与苏童以往的小说风格形成了鲜明的对比。这部小说中，苏童的文学想象开始向现实本身、向事件本身、向历史本身倾斜。《西瓜船》并不是写当下的作品，但它具有神奇的与现实对接的能力，这便是作家与读者之间建立起来的现实感，也正是这种现实感使《西瓜船》成为一部不可多得的优秀短篇。

二

香椿树街的故事几乎都发生在"文革"时期。但是，"文革"在苏童大部分小说中只是故事发生的时间。他更关注少年成长本身，而并不着意关注当时的政治事件与历史环境。这也使得苏童的"文革"书写与王朔的《动物凶猛》《阳光灿烂的日子》构成同一类型的"另类'文革'叙事"。在郜元宝看来，"苏童（当然还有王朔、余华等人的同类作品），火中取栗般从意识形态性'文革'叙事中'抢救'出 60 年代生人的童年记忆。他们对往事的伤悼虽说是逃逸性的，却与公共历史记忆形成一种奇妙的张力，二者之间别具一种难得的相互补充乃至彼此校正的关系，这就赋予了苏童等人此类作品深刻的历史意蕴，并且和知青一代作家想象现实的方式形成鲜明对照"（郜元宝：《岂敢折断你想象力的翅膀》）。换言之，研究者们都意识到，由于面对特殊的文学背景及作品发表语境，苏童小说才构成了独特的"反叛"和"历史意义"。

对于自己的"文革"作品何以只有暴力以及为何没有苦难，苏童曾在某次访问中回应："好多人会说到，60年代出生的作家，写'文革'的作品很暴力，在我们的记忆当中，暴力是普通的日常生活的细节。我并没有渲染暴力的方式，也不是刻意冷静，而是尊重生活，如何还原记忆，是我们那一代人的共同特点。为什么会有漫不经心的态度？因为你当时还是个孩子。对于他人的灾难，他人的苦难，并没有太多的思考能力，只是通过孩子的眼睛去观察，很少去想为什么会这样。"也是在这次访谈里，苏童提到在当时孩子的眼睛里，意识形态是干净的，也因此他才规避了意识形态的纷扰。

当作家人到中年，当他对历史、对现实有了更为深入的认识时，他是否还要一味坚持他的少年记忆？这是问题的一方面。另一方面，时过境迁，香椿树街故事被批评家们所赋予的意义也逐渐被消解：当小说文本面对的不再是"主流'文革'叙事"时，苏童的香椿树街系列是否还具有"另类"的意义？作为"文革"时期成长起来的作家，苏童应该如何书写香椿树街故事，又如何使他的故事焕发独属于它的历史意义？这恐怕并不是仅仅用"我们的记忆即如此"就能回答的。随着作家年长，作家如何尊重儿时记忆，又该如何从更深层次去理解"文革"、重新讲述自己的青春?

对于苏童而言,重写香椿树街的"文革"故事,即是重新认识作为现实的"文革",那不仅仅属于他的青春记忆,也属于他成年之后更加深刻理解的"文革"。在这样的背景下阅读苏童的长篇小说《河岸》,将会发现这位作家在重建历史方面所做出的改变。

《河岸》再度关注特殊年代的父子关系。儿子与父亲之间是对抗的——因为父亲带给儿子耻辱,使他来历不明。父亲当年是漂在河上的孩子,被认定是烈士邓少香的后代,父亲从此成为受人尊敬者,生活一帆风顺。可是,因为历史重新"考证"和"推翻",父亲可能不是邓少香的后代了,父亲可能是妓女的孩子,又或者是别的什么人的后代,总之,父亲没有了"革命的母亲",父亲不知道从何而来,那么,他的儿子不是"空屁"又是什么?这是纠结于小说中所有问题的"爆发点",也是小说的核。出身是否烈士是重要的,当血统来自"烈士"——父亲被人尊敬,女人们愿意跟他上床,用身体和性换取利益,他屁股上像鱼一样的胎记被认为是邓少香血液的特征,被母亲喜爱,也被女人们喜爱。可是,当父亲的来历不再确凿,当有人捕风捉影地否认其为烈士后代时,一切都发生了变化。他需要忏悔,需要认罪。

小说令人无法忘记的一幕是关于审判与坦白。小说使用了少年偷窥的视角。父亲向母亲坦白他曾经的所有偷情。房间里有母亲高亢而愤怒的声音:"库文轩,坦白从宽,抗拒从严!"透过孩子的眼睛,我们看到父亲像狗一样跪在母亲脚下,他撅起了屁股,向母亲展示光荣的鱼形胎记。他后来开始在地上爬:"母亲的脸转到哪里,他就往哪里爬,突然,他一把抓住了母亲的脚,嘴里吼叫起来……看我的胎记,我是邓少香的儿子,是真的!看啊,看清楚,一条鱼呀,我是邓少香的儿子,你别急着跟我决裂,决裂也别离婚,离了婚,你以后会后悔的!"这场景是癫狂的,伴随着父亲与母亲的眼泪,是父亲与母亲、丈夫与妻子的错位。这个场景证明,由于来路不明,来自卑贱与边缘,那便是可以被侮辱与被损毁的。

所谓"宿命"不过是一个说辞罢了,库文轩的悲剧必须依赖于历史事件和他人的反应才可以勾勒出完整的轮廓。在《河岸》中,时间不是简单的时间,社会背景也不只是背景,还是推动人物命运的动力。《河岸》中,苏童再一次找到了他书写的"现实性"。柄谷行人说:"所谓现实性,是在其他可能性中作为'别无选择,就是此物'而存在的;而所谓浪漫派就是对这种被限定性的逃亡。"在批评村上春树《1973年的弹子球》时,柄谷行人对故事时间背景的重要性进行过分析:"'1973年这个年份存在吗?'这一村上春树的问题也是一个认识论上的问题。其答案是:那仅仅是我们随意构成的。

但是，作为固有名称的'1973'年表示一个现实性，那就是说，存在某个事件，而且这个事件也可能是其他，但现在是这样的。它不能随意被消解。"（柄谷行人：《历史与反复》）事实上，1973年之于《1973年的弹子球》的功用与"文革"之于早期苏童小说的功用相近。在以往苏童的少年成长系列中，"文革"作为一个时间背景是可以被置换和忽略的，但在《河岸》中不一样。《河岸》中人物的命运只有在"文革"时期才会有如此的戏剧性，他们的命运必须如此，也不得不如此。某种意义上，"'历史'就是这个意义上的'现实'"。《河岸》的写作使人意识到，那位想象历史素来天马行空的作家，开始重新面对作为现实的"文革"历史。

《河岸》是站在此刻对彼时人的处境的理解与追溯。它追踪了一个人的历史以及这种历史带来的命运的矛盾，同时也对通常的历史叙述进行了一次颠覆性讲述，它使我们重新看到了时代的风云和政治的残酷。在库氏父子的命运中，时代无形的巨手翻手为云，像烙饼一样让库氏一家翻了好几回身。小说中，虽然父亲的自我断根令人同情，虽然被修改历史后他的种种不幸际遇令人同情，但一个事实也需要正视：库文轩是"出身论"的受害者，也是"出身论"的受益者。如果没有那个烈士后代的出身，他不可能那么轻易地获得女人们在床上的殷勤，而他不断地对性事的坦白则给其他家庭和个人带来无穷悲剧。父亲曾经的高高在上和卑贱低下奇妙地结合在一起，那也是河与岸的隐喻。苏童以他的敏锐，探入了一个时代最隐秘处。他既书写了漂流的成长故事，也书写了具体的历史岁月。

读《河岸》最直接的问题是，为什么苏童选择重述自己的少年记忆？恐怕是这位作家意识到重新阐释的重要性。当叙述人在小说中不断追问库文轩命运何以如此时，苏童已经在挣脱自己的少年记忆——少年本身对他所在的时代并没有强烈的批判和审视意识，而只有长大以后他才有回看的能力和勇气。我以为，人到中年的苏童，尊重他的少年记忆，但却不再囿于他的少年记忆。因为他对那个时代还有未能完结的看法和理解，作家才会选择重写，而不是逃避或遗忘，这是《河岸》创作的潜在动因。那么，随之而来的问题是，按自己的写作惯性书写，还是要尝试想象历史的另一种可能？《河岸》显然挣脱了那个"干净的意识形态记忆"，这是作家的自我设限、自我寻找难度。

三

像许多先锋作家一样，苏童的写作曾经是零度叙事，他不动声色地注视着这个世界,这个世界也因那不动声色的注视和叙述而变得荒诞、虚幻、无聊。但是,创作生涯日渐长久,尤其是中年以后,苏童的注视发生了隐秘的变化,这当然不是单纯的所谓"温度"的变化,但又分明有了复杂的慈悲心,对人间世相有了同情的理解,亦不无锐利的凝视——叙述人不再是袖手旁观者。这转变是如此宝贵,我想,苏童会以他近年来丰富而有水准的创作让那些曾经指责其写作具有"中产阶级趣味"的人哑口无言的,尽管他的转变原因完全与此无关。

* * * *

阅读版本:

苏童:《西瓜船》,《收获》,2006年第1期

苏童:《河岸》,人民文学出版社,2009年

异质经验与普遍感受

关于阿来

对于书写者而言，小说意味着什么？是表达，是倾诉，是爱，是活着，是生命，是全部。处境不同决定着写作者的回答不同。阿来说，小说之于他，"这是阐释人类历史的一种方法，也是阐释人类文化的一种方法"。但我相信，这个回答，只是小说之于他的意义之一。其他的表达起来很困难，因为意义太深远，太复杂。

正如我们所知道的那样，阿来是藏族人——他的母亲是藏族，父亲则是一位回族商人的儿子。他的出生地是大渡河的上游，四川省西北部的马尔康县，隶属于阿坝藏族羌族自治州的"嘉绒藏区"。阿来回忆说："嘉绒在藏语中的意思就是'靠近汉区山口的农耕区'。

这个区域就深藏在藏区东北部，四川西北部绵延逶迤的邛崃山脉与崂山山脉中间。座座群山之间，是大渡河上游与岷江上游及其众多的支流。"所有的秘密都在神秘莫测的群山、深水间，那些他人无法了解的隔膜、痛楚和分裂，那些无法言喻的领悟和沉思，都必须在小说中被倾诉。

但另有一种与表达有关的困难。1999年，在名为《穿行于异质文化之间》的演讲里，他讲述了语言带给他的诸多困惑和身份焦虑感。

从童年起，一个藏族人就注定要在两种语言之间流浪。

在就读的学校，从小学，到中学，再到更高等的学校，我们学习汉语，使用汉语。回到日常生活中，又依然用藏语交往，表达我们看到的一切，和这一切所引起的全部感受。在我成长的年代，如果一个藏语乡村背景的年轻人，最后一次走出学校大门时，已经能够纯熟地用汉语会话与书写……但母语藏语，却像童年时代一样，依然是一种口头语言。汉语是统领着广大乡野的城镇的语言。藏语的乡野就汇聚在这些讲着官方语文的城镇的四周。每当我走出狭小的城镇，进入广大的乡野，就会感到在两种语言之间的流浪，看到两种语言笼罩下呈现出的不同的心灵景观。我想,这肯定是一种奇异的经验。

这种奇异的经验是不是他写作的最初动机?理解阿来,《血脉》是绕不过去的。那是阿来的命定之作,其中包含他对世界的困惑和领悟,也只有阿来才能写出这样的作品。

一

《血脉》是短篇小说,好看,结实,意味深长。叙述人"我"成长过程中充分体验到一种由语言带来的分裂感。这由他的血缘决定,爷爷是汉族,奶奶是藏族。上小学时,爷爷给孙子起了汉文名字"亚伟",并且要他姓汉姓"宇文"。

"亚伟!"

爷爷又叫了一声。我这才意识到这就是我的新名字了。对不懂汉语,甚至从来没有听到过这种语言的耳朵,这两个低沉抑制的音节是多么的空洞而古怪啊。因此我还是不能马上回答。

这时,奶奶叫我了:"多吉。"奶奶的声音恰好和爷爷的严厉相反,万分柔媚。以后,即使从情人口中,我也没有听到过自己的名字有这么甜蜜。

  两双老人的眼睛都定在我嘴上了,他们愤怒的眼神由希望到失望。这是我六岁的时候,幼小的身体就感到了一分为二的痛楚。我用双手捧住了脑袋,两个声音就在我小小的脑子中厮打。

  亚伟。

  多吉。

  亚伟。

  多吉。

  多吉——亚伟——亚伟——多吉。

  "我"从小就进入了一种无以名状的分裂中。

  爷爷和奶奶的呼唤,把一个人分裂成两个人。"两个名字不能把人身子分开,却能叫灵魂备感无所皈依的痛苦。"这个孩子看着夹缝中的自己,分裂感如影随形。他身在其中,身不由己,必须靠别人的认同来确认自我的属性。

  汉族老师要带他去成都。嘱咐他:"你报名时说你是藏族,名字叫多吉。你不能是汉族,也不能是亚伟,不然,你去不了那地方。"在都市里,他被认为是藏族人,是懂汉语的藏族人,少数中的少数。

"不管我衣着如何，汉语如何地道流利，我的长相，鼻子的式样，头发的质感，都是使这个城市的大多数人把你和他们一清二楚地区别开来。"可是，转换时空，这个人变成了另一种。"在西藏，在种青稞、放牦牛的人眼中，我们又是另外一种人了。他们为我们讲述传统，低吟歌谣。我们把这些记在本子上，录在磁带里，换来不算丰厚的薪水。"

处在中间地带的人，随时随地感到不安。这种分裂感存在于爷爷和奶奶对他的呼唤中，也存在于他与父亲的交往中。尽管父亲也有汉族血统，但他能够无比融洽地和藏族家园贴合在一起。因而，离开家乡的儿子和一直生活在家乡的父亲之间产生了严重的分歧。父亲看着生活在城市里的儿子房间中的藏文史料和牦牛头骨，不无讥讽地问："你以为你是藏族，是吗？""我是。""你真的想是？"

父亲的问话直抵儿子的内心深处："我这一生，在一个一定要弄明白你属于一个什么民族的国度和文化里，只能属于一个民族。虽然我有两种血统，虽然我两种都是，两种都想是，却只能非此即彼，只选其一。"

中间地带的人只能回答："想是又不想是。"父亲因此讥刺他是假藏人，而他回敬父亲是"假汉人"。对于父亲和儿子，他们都生活在一个看不到的夹缝里。只不过，父亲在内心选择了自己的藏族身份，而儿子，居于大城市里，命定要在两种文化之间挣扎。

我们这种人，算什么族呢？虽然在这里生活了几辈人了，真正的当地人把我们当成汉人，而到了真正的汉人地方，我们这种人又成了藏族了。真正的藏族和真正的汉族都有点看不起你。

多亏了这位有强烈分裂感又特别敏感的人，世界上某种被视若无睹的感受得到了放大。"我"曾劝父亲逛街换掉藏族服装，但父亲拒绝了。于是，穿着藏族服装的父亲像一头野兽一样来到了人群之间。另一种被排斥感席卷而来，父亲为此感到怨恨："我怎么会跑到你们的地方来了？"

"都是中国，没有你们的地方和我们的地方。"这是一个有文化、学知识的人给出来的答案。可是，真的没有"你们"和"我们"的区别吗？冷饮摊上的汉族女人不收父亲喝完酸奶的瓶子，因为"脏"。那种分裂感，那种关于"你们"和"我们"，汉族和藏族的身份认同感，不仅仅在于个人，在于服装服饰，在于血缘分别，还在于他者的目光。

切肤之痛弥漫在整部小说中。我是谁，我属于哪里？语言或者命名只是外在表征，更重要的是内心世界的无处皈依。在当代中国，似乎只有阿来才能写出这样百结缠绕的苦痛与忧伤，这种疼痛对于文本作者和文本读者都是"实打实"的。你只消想想两种语言和两个名字带来的分裂,只消想想那种像怪兽一样走在都市里的感受就够了。

但是,阿来也并没有拘泥于这种分裂感。他的写作有飞升,有超越,对此时此地此人此痛的超越使这部小说呈现迷人的光泽。阿来表达的是一种现代人在异质文化面前的纠结和无助。那种分裂和撕痛,哪里只是此情此景?从乡村到都市,从东方到西方,那种感受是经年累月的,是全球范围内的,那是属于认同的困惑,也是身份的缠绕。

二

《血脉》的题目很容易让人想到它要讲一个故事,起承转合,荡气回肠。但不是。尽管它讲的是故事,但小说家独有的文体意识使小说变得更为复杂:断续,穿插,拼贴,少年记忆,对话,独白。它需要理解力,也需要读者的智商。

小说最重要的主人公无疑是爷爷。小说的第一句话就提到了他。

我眼前又出现了爷爷那双长腿。

爷爷是落寞而又孤单的，他的身上有无尽的谜团，小说到最后都没有解开。这是位喜欢行走的老人，"一个瘦削的老人穿过间种着蚕豆和小麦的土地，带着正在开放的蚕豆的花香，穿过故乡的山水、房舍、家族墓地，一次又一次，像是在徒然寻找一种久已丢失的东西"。这是不知归宿何处，孤独、乖戾的人生过客形象。更痛苦的分裂在爷爷那里。爷爷的存在，给予这部小说神秘的光。

爷爷和"我"的不同在于，他彻底地不认同他所在的藏族环境。他终生都挣扎于如何不被"他们"同化。利用一切机会，这位汉族人寻找他的汉族同胞，寻找他汉族身份的认同。爷爷与孙子的巨大不同在于，爷爷所经历的一切是悲剧性的。爷爷的可悲在于，没有人确认他的汉族身份，他处于彻底的边缘化。

对于这位生活在异乡的人而言，汉族身份是他的信仰，是他不同于他者的重要支撑。他不断强调他的独异性，他的姓，他的汉语表达。这导致他画楼梯时被耻笑。这是一种深刻的异族感，这种感受甚于他的儿子和孙子百倍。

爷爷渴望获得确认。但他与汉族女教师的亲近并不愉快。他被无情地摒弃。他的莽撞，他的不通世理，他的热切渴望，都使他看起来像个小丑。爷爷的故事，让读者感到一种尴尬。这种尴尬甚至使它的读者窘迫——读者体会的不仅是一个汉族人的感受,也是全体异类者才有的深刻体验。爷爷让人想到那个与风车搏斗的堂吉诃德。他在跟所有看不到的东西搏斗,以此确认他曾经的身份和血缘。

爷爷活脱脱是个病人,在那个村庄里他就是个病人。最终有病的人来到了医院医治。小说好就好在这里,爷爷在医院里感到安全,在这里,有他熟悉的汉语,也有他的汉语同胞,以及他久违的一切风俗习惯。但最为吊诡之处在于,他是被汉族大夫当作病人接纳的,也是被当作病人宽容的,而不是汉族同胞身份。没有比爷爷的悲剧更悲怆的了。在哪里,他都是"病人"。

爷爷有许多看法顽固不化。"爷爷要我爱他。他觉得自己是汉族,觉得自己的族别高贵,而他早已深陷在不高贵的人们中间了。"爷爷的父亲是资本家,他被逐出了自己的故乡,但他一辈子愿意皈依它。血脉使一个人的渊源如此分裂:在老师的课堂上,爷爷的言行让"我"感到窘迫。都市里的父亲则使"我"意识到作为主流的汉族文化对他者文化的影响。奶奶从医院里偷了痰盂,在我劝说后送了回去。之后,她又偷了回来。不论怎样,他是他们的后代。这部小说有一种暧昧,是那种透明的复杂性。生理和文化上的双重混血,造成了阿来写作身份的丰富性。文学是这位身份复杂的人与世界的隐秘对话。

在城市里，有汉族身份的父亲穿着藏族服装像个怪兽，而在藏族地区，爷爷即使身穿藏服也依然认为自己血统高贵。血脉使爷爷的经历变成悲剧，孙辈的经历则是"喜剧"。但在叙述人看来，恐怕只能用"悲哀"二字形容。无论是爷爷、父亲、孙子，他们面对的都是艰难的融合之路。那种沟通之难仅仅是血脉所引发的吗？血脉、语言及民族只是表象，重要的是身份认同。那种自我认同的艰难，被这位生活在夹缝中的异乡人用一种复杂而又动人心魄的艺术形式表达了出来，他穿越了我们所能感知的表象，而抵达了更为深刻和深入处。

三

这个故乡是我的故乡。行政上属于四川，习俗及心理属于西藏。也就是说，这是一个藏族聚居的山间村落，这个村落就是我的故乡。

但不是爷爷的故乡。

爷爷是汉族人。

我是这个汉族爷爷的藏族孙子。

在我们大多数人的经验里,身份与性别、与阶层有关。这只是理性认知。阿来则使我们意识到更为复杂的一面,那些远比我们理解得复杂和深幽。尽管这位小说家书写的作品几乎都与藏族人生活有关,但这些作品绝不只是藏族小说。与其说他擅长讲述的是藏族生活,不如说他擅长讲述的是人生活在异质文化夹缝里的分裂、游移、不安和隐痛。

自然,《血脉》是一个漂泊者的自我书写,但对血脉的追溯也带有自我反省意识:

可是,镇子上肯定起风了。风从草原上吹来,风摇动了窗户,我眼前只见镇子上一片闪闪烁烁的光点。我发现我找不到医院,更找不到爷爷的窗口。这就像是一种预兆,一生中间,爷爷、我、我的亲人都没有找到一个窗口进入彼此的心灵,我们也没有找到一所很好的心灵医院。

我喜欢阿来的这篇小说,它潜藏有阿来以何写作与何以如此写作的渊源。那种不能书写、只能口头使用的藏族语言深深影响着他的汉语表达。这使他的小说烙有深刻的个人印迹,不故弄玄虚,也从不虚张声势。他安静,沉稳,却别有所思。他以一种独特的表达方式,深描了一种深入骨髓的难以名状的情感,忧伤、迷惘、无奈、焦虑。这种感受能迅速感染他的读者。

当然,那样的情绪不可能只属于藏族或汉族。它属于我们每个人——那种被烙得生疼、格格不入的异类感觉,经由阿来的书写唤醒、被放大、被深描,于是,读者感受到了疼痛,不是他们的,而是我们的疼痛。

* * * *

阅读版本:

阿来:《血脉》,见《阿来文集·中短篇小说卷》,人民文学出版社,2001年

重写"人民的主体性"

关于韩少功

我对韩少功《赶马的老三》念念不忘。这部曾获人民文学奖和首届萧红文学奖的小说与当下许多乡村叙事作品气质迥异。

小说分为六节,由六个故事组成,每小节都用老三的话作标题:"找个四类分子来""几代鸡由几代人赔""一个人十分钟轮着咒""阎王的加油站在哪里""上门服务的合理收费""好容易有了次出名的机会"。小说以老三为主人公,但在每个小节里,都以一个村里的典型人物为主要描述对象:国少爷、庆呆子和莉疯子、皮道士、善眯子。"来看这一串珠串般的故事,好似濠梁鱼戏,一尾咬着一尾。开篇老三和乡长斗法,顺手牵连出国少爷,国少爷扯出庆呆子,皮道士引出善眯子，善眯子再带出老三和乡长，这种绕一圈又回来的人物出场方式，让人恍惚回到《水浒》与《儒林》，但在今日不妨视其为作者结构上的刻意之处。"（季亚娅对《赶马的老三》的点评，见《2009中国小说》）

的确，结构上的刻意很重要，但是，读完这部小说，另外一个问题似乎更值得讨论：结构及内容的刻意，对于韩少功意味着什么？它对我们理解另一种乡村政治、民间文化意味着什么？在我看来，这部小说是韩少功对于农村小说的重写，他重新审视农村生活、农民生活，重新思考站在农民立场书写的可能，某种意义上，这是一部试图重写"人民的主体性"之作。

从语言开始

《赶马的老三》中，那位老三不像我们通常理解的那种村长。这种不像，首先是形象上的，"他黑头黑脑、毛头毛脑，一只裤脚长而另一只裤脚短，还经常在路边呆呆地犯晕，比如盯着一只蚂蚁、一根瓜藤、一个机修师傅拆散的拖拉机零件，一盯就是大半天，直到旁人一再大叫，他才'哦'一声，像从梦中醒过来"。其次是他的知识，他"不那么知识化"，"比方既不会用电脑也不懂OK的意思"。

老三想说普通话,但说不好,因口音严重闹出笑话。比如,"有一次在城里进小饭店,他开口就找女店主要'妇女',见对方先是愕然,接着啐一声'下流',便满脸的困惑不解:'我吃饭的时候就是喜欢妇女啊。我又不是不给钱。你这个人真是!'""其实他要的不是妇女而是'腐乳',即村里人说的毛乳或霉豆腐,只因口齿不清,才让女店主万分紧张,差一点跳起来抄刀抗暴。"

老三是有意思的人,但更有意思的是他的表达和他对政治术语的理解,比如小康社会:"任乡长说要建设'小康社会',他没听头也没听尾就插上一嘴:'小糠社会有什么好?我看还是不如大米社会,更不如猪肉社会。社会主义搞了这么多年,怎么还要吃糠呢?'"还比如"唯心主义":"任乡长提到'唯心主义',他不知道什么意思,居然兴冲冲发表感言:'对对对,任乡长说得就是好。做人就是要凭良心,一个胬心要在胸口里端端正正地放好,严严实实地守住,不能被狗吃了。我这个人几十年来没有别的本事,就是喜欢唯心主义。'"那些术语,是在历史中成长或消逝的词语,通过老三重新阐释而回复了另一种本原,与官方解释相左,也与官方意思相应。老三的语言,看起来是玩笑,但其中含有态度。

上级领导要来收钱,收费时,喜欢使用"应该"二字。"应该上交""应该按时""应该"……老三的问题是——谁是"应该"?

领导回答,"应该"不是人。"既然不是人,那他来收什么钱?收肚子、收肠子、收骨头啊?大家的几个血汗钱,凭什么要给这个家伙?"这疑问引来哄笑:"会场上已经笑得东倒西歪,笑出了仿鸡、仿鸭、仿蛤蟆的音响,笑出了电击、虫咬、冠心病发作之下的动作。但老三还是文绉绉地申诉下去,时而京腔时而土语,时而虚词时而科技,只是口齿呼噜呼噜的一锅粥,不大容易听清楚。"

诙谐、幽默、风趣,这是位并不让上级领导省心的村长。想不通,就佯装不懂不做,于是,便有了上级领导的责备:"争扶贫款的时候,你的鼻炎到哪里去了?找我要茶园的时候,你的鼻炎到哪里去了?那时候你惊天动地,张牙舞爪打得鬼死,大嘴巴吞得下一头牛。现在要你们做点贡献,你不是鼻炎就是牙痛,不是血压高就是牛皮癣,连电话都不接。"——不懂普通话,不懂政治术语,但不一定不聪明,生活在远方农村里那位其貌不扬的老三,不一定是我们表面看到的那个样子,他有所为有所不为,他有他不为人知的主体性。

民间逻辑与民间智慧

语言是外表、表象,但也有内在的立场和逻辑。在老三的故事中,许多冲突看起来跟语言有关,小说中也以语言的你来我往为主,但内在里，支撑他处理问题的是他的逻辑。许多看起来缠夹不清的东西在他隐匿的语言逻辑背后迎刃而解。

外地人开车压死了只鸡，本村二流子狮子大开口。讹诈者的逻辑是，鸡生蛋蛋生鸡，死了一只鸡，其实毁了好几代鸡。老三顺着这个逻辑，认为钱也应该由外地人的好几代人一同赔偿："你刚才算了鸡生蛋，又算了蛋生鸡，一算就好几代啊。好几代的鸡，由好几代的人来赔。这个道理没错吧？未必你不是这样算的？那你是要减一代，还是要减两代？"

"以其人之道还治其人之身"，这是顺着对方逻辑讲理。解决问题的方法不从外力压制，而从内部，是站在当事者内部思考问题。老三明白他们的狡猾、聪明和软肋。比如遇到那位不讲理天天与丈夫打架的女人莉疯子，他处理的方法是："进门后东张西望，先检查电视机、电冰箱以及电饭锅，指派莉疯子的两个儿子分头把守。有人问：'你这是什么意思？'老三说：'两公婆吵架，不摔东西有什么味？等一下好戏开场，你们只守住这几样，其他东西随他们摔，千万不要拦！'对方问：'那被子、枕头就往他们手里送吧？'老三点点头：'你这个娃，聪明！'"

对于那位乔张做致骗人钱财的道士，也如出一辙。当道士答应在老三死后也要让他在地下当干部时，老三又开始了他的"理论"

方法：

"当干部至少得骑个摩托吧？你不烧一个加油站，我骑着摩托到哪里去加油？"

"加油……"

"你这里也没个变电站，这些电视机、电冰箱、空调机如何开动？"

"变……"

"你至少还得烧个银行，不然你这些信用卡往哪里刷？再说，阎王那里怕是没有百货商店，你这些冥府美元也好，冥府港币也好，都只能拿去糊壁头啊？"

"难怪，"庆呆子一拍大腿，也恍然大悟了，"皮道士，上次你在我家发了十万阴兵还是无功而返。当时我就想，有刀枪，没茶饭，阴兵怕是不肯卖命啊。"

国少爷更加见多识广："光有加油站也不行。加油站的油是从哪里来的？恐怕还得有运油车和炼油厂，还得有中石化和中海油吧……"

"你们真会开玩笑，真会……嘿嘿……"皮道士脸额上冒汗，看看手表，像有什么急事，拔腿就往屋后溜。

123

看起来，这些不过就是民间百姓解决问题的方法，但其中也潜藏有一种来自民间大地的智慧。张云丽在《乡村世界：有声与无声》中提到："《赶马的老三》中老三用他的乡村智慧解决了一个个具体的现实矛盾，恰恰透露出韩少功对中国最底层的农民的智慧的理解，对中国传统乡村文化的解读，可以说，韩少功从民间文化的视角重新实践着他的'文化寻根'。这种不同于以往传统乡村启蒙方式的叙事视角使得小说呈现出一种别样的思考角度，新鲜而意趣盎然。"此言不虚。

官方意志与民间伦理

小说的高潮部分是在老三的假党员身份上。真党员父亲先是病重，后是去世，老三就继承了父亲的工作方式，以至于后来被人误认为党员。"老三他爹是八年前去世的。不过在那以前，村党支部开会点名，也只习惯性地点到老三了。有时候发现老三没来，便理所当然地奇怪，然后派人去找，或打开广播器在喇叭里喊，把他从被窝里或电视前揪过来——倒是把他爹忘得差不多了。'你作为一个党员明天绝不能睡懒觉……'这一类派给老三的说法不胜枚举。"老三是无党员之名却行党员之实。事实上，这是位优秀的村官，在长年工作中，他解决了许多村里的难题，甚至在小说的后半部分他也为年轻的大学生乡长排忧解难。乡长要对超生者罚款，超生者丈夫抵赖是妻子与干部偷情。老三再次使用了他的解决问题的方法。疑似偷情者来超生者家要"儿子"，超生者才意识到逻辑的可笑和对妻子的不敬。

老三这一农民形象令人难忘。但最令人难忘的是小说中对他与乡长及上级领导关系的书写和理解。在许多当代小说中，如何完成上级交给的任务是村长的一大政绩，也是写作时最为丰满和着力的地方。但在这部小说中，却反其道而行。老三常与上级理论，但那位有知识的乡长又不得不依靠老三的智慧和威望。国家意志和民间伦理之间以一种有意味的方式呈现出来。而小说的最后一节，他也借"假党员"一事为村子要回了茶园。在整部小说中，乡长是被动的，常常束手无策的，事情到最后常常要对老三妥协。在和乡长的交道中，老三充分显现了一位农民的智慧、才能以及策略。

这让人想到赵树理小说中那些村长、百姓与乡长及上级领导之间的关系。事实上，这部小说与赵树理小说的气息很相近：都喜欢使用对话以及用对话推动故事发展；小说重叙述而轻描写，几乎没有心理描写；都喜欢使用说书人的腔调，对来自民间的智慧和民间的逻辑方式给予深切关注。

所不同的是，赵树理小说中，所有村民都遵从来自官方的声音、宣传，"一元化"的声音控制着整个小说节奏——国家政策是对的、区干部是对的，相信国家、相信政府、相信干部是正确的。国家政策和国家政策的执行者对于赵树理小说故事情节来说至关重要，它们具有扭转大局的作用。无论是《孟祥英翻身》还是《传家宝》《登记》《小二黑结婚》，真正使旧势力低头的，是区政府的威严以及政府、法律的不可触犯。赵树理希望他的小说影响到农民，使他们进步。当然，赵树理也试图在国家意志与民间伦理间进行缝合。

而在韩少功这部作品里，民间逻辑和民间话语在小说中得到了某种凸显。其中有民间声音的强大，也有来自官方的对民间的体恤和宽容。某种意义上，韩少功与赵树理极其重要的区别是，他自己本身有强烈的知识分子情怀，他看到了农村中的问题，但与此同时，他对民间文化、民间传统深为认同，他站在农民立场，对官僚作风进行了批评。站在民间立场，他看重以老三为代表的村民的主体性，他的小说中有令人印象深刻的反讽。

《赶马的老三》让人想到韩少功最初的成名作品《爸爸爸》，那是他书写农村的起点，很显然，他后来的创作发生了重要的转型，比如《山南水北》。在《山南水北·香港版序》中，韩少功说此书是他"时隔三十年后对乡村的一次重新补课，或者是以现代都市人的身份与土地的一次重新对话",张云丽《乡村世界:有声与无声》中则认为:"《赶马的老三》也属于这次'补课'的延续。《赶马的老三》有对现实的批判,但审视农村的目光更为温和从容,更多的是对乡村伦理合理性的认同,是对民间语言趣味性的展示,对民间文化丰富多样性的重新发现。"的确应该把《赶马的老三》视作在《山南水北》脉络之下的创作,这是一次有意味的重写,重写农民形象和农村生活意味着这位作家在重新思考民间文化的价值以及作为主体的农民的意义。

不过,似乎很多研究者没有注意到小说结尾处那个细节:"又过了几天,乡政府让小湾村得到了他们的老茶园。据说新任支部书记放了一挂鞭炮,提议办几桌酒席,唱一台大戏,酬谢老三多年来的谈判之功。老三说,红包就算了,大戏就算了,如果大家真要奖励他和高抬他,真要了他一个心愿,那就资助他与几个老伙计去韶山看一下毛主席的祖坟。"

去韶山的兴趣远大于去深圳去大都市或风景区,这一行为不能小视,它显然是一种对幸福生活起源的追溯和追念。这是否透露出韩少功写作《赶马的老三》时的创作动机?

要得，要得，很多人都想去看那个祖坟。他们虽然说过老人家的一些气话，但乡政府这次发还的茶园，还有其他田土山林，不都是老人家当年给穷人们争来的？这个恩德还不大上了天？有些人最喜欢看战争片，最近看了什么电视连续剧，对老毛指挥三大战役佩服得五体投地，认定真命天子毕竟是真命天子，他家那祖坟一定非同寻常大有奥秘。

这段话里潜藏有普通农民对毛主席及其革命的最为朴素的认识和理解。联想到这位来自农民/群众内部的老三是韩少功精心创作的文学形象，会认识到，作家韩少功对毛泽东的感情恐怕远比我们目前理解的要深刻。小说最后，当民间与官方许多矛盾被不无乐观地抹平时，读者会发现，韩少功有着他在这一时代的鲜明的革命理想，至此，读者也将发现，《赶马的老三》与赵树理小说美学及政治追求其实至为相近，用"殊途同归"总结他们的创作并不过分。

* * * *

阅读版本：

韩少功：《赶马的老三》，《人民文学》，2009年第11期

把"自己"写飞

关于林白

沉思爱好者

如果你是林白长期的读者,你会深刻认识到这是一个热爱狂想、喜欢走神、热爱旁溢斜出之美、对世界有着细密而丰盈感受的小说家。我甚至认为,她多年来一定保持了一个良好的习惯——不下数百次回忆某一次谈话,不下数百次回忆生活中那些曾经遇到过的人和事,并且,我也坚信,她的内心有着细密的心路及深厚的对生活的情感。当那些人、事进入她的脑海,实际上她也将它们浸入属于她的词句系统,她在脑海里表达过它们,她努力寻找一种或者更多种的表达方式,然后对这些表达进行排列、分类、组合及取舍。那些被她讲述的事情，在她的记忆里持续发酵，这一切赋予她讲述的冲动和热情。一有机会，她就将这些人、事从自己的头脑中放出来。用一百种方式叙述同一件事是她的独特本领，每一种方式她都可以讲得有声有色、切实可信。

她讲述多次不厌倦。在那个有关她个人经历的枝干里，在不同创作时期，林白可以使之结出迥然不同的美妙果实：比如《一个人的战争》，比如《致一九七五》，比如《长江为何如此远》，比如《北去来辞》。

林白的小说，很少有我们习惯的那种时间或事件逻辑。她的讲述由她的思绪、她的回忆主导。她很清楚自己将从哪里出发，从哪件事情、哪个人物说起。有时候，写到一处，她突然可以展开一个话题跳到另一处——她把所有的经验与经历变成了深思的回忆，变成回忆的文本。某种程度上，她可能感兴趣的并不是事件本身，而是她经历事件时的情感。

时光在她的小说中总是会重现，它们千姿百态，有时候它们骑上英姿飒爽的红马在纸上自由地狂奔，有时候它们停留在一片田地保持不动。有时候我们看到北京城里灰突突的两居室里的龟背竹，有时候我们看到一个中年人毫无征兆地老去。有时候，叙述人讲的是她此刻书写时的想法，有时候则写的是当时的想法，她一边看"过去"，一边在想"现在"和"未来"。在回忆中，生活和时间都发生了某种变异。对回忆的沉湎和执迷，使林白的小说形成了双重意味、双重韵味的独特美学。

许多人都认为林白是一个极端自我的作家。但我的看法却恰恰相反。当我阅读《致一九七五》《长江为何如此远》《妇女闲聊录》《万物花开》《北去来辞》，我强烈地认识到这真的是能够忘记自己的作家——也许她常常使用"我"来讲述，来讨论，来书写，但她只不过是喜欢从"我"的视角出发讲述世界罢了。

或许，把林白小说比作银幕上的电影或许更容易理解。在洁白的屏幕上，林白既是演员中的一个，也是这影片的观众，还是制片人。她那么精确而细微地描述我们曾经的时光并使之在那个洁白的屏幕上重现，她既讲述又评判，讨论"我"时，就如同讨论他人。看到那些人物时，我们会惊奇地发现他们超越了他们自己，同时，他们又是他们自己。那些人、事，是现实的，但又是超越现实的；是生活中的，但又超越了生活的琐屑，具有了自我飞升的能力。林白的小说，具有独特的与回忆、与诗意有关的美和魅力。

《妇女闲聊录》

《一个人的战争》是林白回忆美学中的灿烂花朵，在那部小说里，她与读者共同发现了"身体"之美。而在《妇女闲聊录》和《万物花开》中,林白则发现了"众生之美"——她把王榨村里的每个人的爱欲和生死都归于泥土,并使之成为万物。在《妇女闲聊录》和《万物花开》中,最引人注意的是视角的变化。她成功地引入了木珍和大头,她使读者进入了另一个乡村世界。这个世界是混沌的,与我们通常的价值观迥异,它使我们头脑中那原本不言自明的种种判断——性和爱,农民的纯朴,农村的现代化,生的价值与死的恐惧,对生命的尊重和敬畏——全部被打散。这是一种卓有成效的书写,她使我们冲破了常规,与另一个世界相遇。

《妇女闲聊录》要求阅读者放空身体里关于女人、性、爱情、农村等一切概念,放下启蒙、精英和中产阶级的身段,要重新认识到农村的另一种影像,那些不能用好或坏、善或恶来形容的现实,我们不愿意承认的现实。

"空着双手进入历史"是历史研究领域的术语,大意是面对研究对象,研究者要把我们的先见、偏见、正见都排空,才有可能发现"另一个历史"。事实上,作为一位书写者,一位有知识、有书写能力的作家进入农村,书写他/她心中和眼中的农村时,如何摒弃先见、摒弃自己身上被建构起来的启蒙与精英意识以及天生的对农村人民的怜悯态度是个挑战。林白《妇女闲聊录》提供了一种范例。

当林白在厨房里听木珍讲述时,她为《妇女闲聊录》注入了新生命。

　　林白引入了木珍,《妇女闲聊录》因之具有了神采。当林白使用"木珍"讲述"王榨"时,通常文学写作和文学阅读中的各种成规被悄然无声地消解了——身体的、道德的、社会的价值判断在这里土崩瓦解。男女之间性的自由和随意,善恶的标准,勤劳与懒惰,甚至包括生和死,那些在现代人看来那么庄重的事情在这里全然变得含混。这样的含混也导致了书写者精英态度的必然消失。随之而来的则是读者的困惑和震惊,原有的阅读期待在此处突然出现了巨大的落差,尤其是在一些喜欢坐在书房里想象农村的读者那里,其破坏性更大:农村不再是社会主义新农村了。农村人被假冒伪劣产品和麻将生活、癌症、贫穷笼罩,价值观受到了极大的破坏,没有善恶标准,人的生命也没有得到普遍的尊重:年老者被认为不吉,年少者无端惨死。当木珍开口说话,便戳穿了附着在农村、乡土上的神话,木珍以其"底层"的视角,言说了不为人知的真相。

　　也唯有如此,王榨才成为独有的风景。《妇女闲聊录》把我们通常视野中的风景进行了颠倒,因为这样的颠倒,我们看到了异质风景,那是迥异于我们日常经验的现实。在《妇女闲聊录》中听木珍说话,我想到《故乡》中的闰土,他对迅哥说的那句"老爷"让许多知识人心痛,它道尽了一个农村人与知识分子的巨大隔膜和一个精英知识分子所遇到的巨大尴尬。如此说来，林白与木珍在厨房相遇的场景便带有了深刻的隐喻色彩。

《北去来辞》

《北去来辞》很像是《一个人的战争》的重写。它关于一个女性来到北京后的所见、所历、所感、所痛。几乎叙述人遇到的每个故事都可以成为一部典型的女性私语式的、执拗的"自传"——这部小说完全有可能写得很琐屑，很柔软，很偏执，很极端。可是，令人赞赏的是，小说家没有使故事向更琐屑处蔓延，而使之向更宽更广更阔大处开掘。小说从一个细窄的入口处出发，越来越开阔，越来越深广，越来越充满大地的气息。如同叙述者那诗意、放松、饱满、多汁的语言一样，这小说也是有力量和穿透力的，在这本小说中，我们看到一个人内心世界里的时代变迁，看到了微末如尘埃的人们的身世浮沉。林白和她独有的回忆诗学，带领读者亲历这个沉默而无限风光的世界，她使读者失语、惊讶，或无言。

在这部小说中，林白开始重新理解个人经验："个人经验是这部书中至为重要的内容，这意味着，除了我把自己的个人经验给予书中人物,同时也必须为书中的人物找到属于他们的个人经验。"《北去来辞》中,她的人物性格很少有极端矛盾的,也很少处于戏剧冲突中。她喜欢观察他们的不变,但当读者和她一起凝视那些生活中的不变时,你会发现小说中的他们已经完成了一种改变。改变是静悄悄的,你只能从他们的举止、言谈、生活习惯中去发现。"对我来说,这是一次有难度的写作,从未有过这么多的人物,如此深长的时间来到我的笔下,我也从来没有如此感到自身和人物的局限。"

在这部书写近三十年来中国时代变迁以及变迁中人的命运的小说中,唯一影响人们生活的是观念。间接的遥远的时代风云中,人物经历的生活总是静止的,但这样的又静止又流动的生活又永远逃不了时代风云。这是这部以书写时间为主题的小说的魅力。人物总在时间的光环中不动。但时间也总会再次出现,仿佛一瞬间就变了。房屋里有了中药的味道,道良对世态越来越看不懂。整个家庭慢慢滑到世界的边缘。人物在不变中完成了改变。时间在这里是重要的,甚至是一个特别关键的主人公。时间使每个人物的社会地位、情感历程发生变化,时间也在揭示我们从未发现过的人们的真面目。

把自己写飞

许多作家在谈身外之事时谈的其实只是自己。但另一种作家,当他/她说"我"时,只是为了表达"我"的所闻所见。《致一九七五》《长江为何如此远》《北去来辞》即是后者。在这些小说中,当她谈论自己,其实谈论最多的是别人,是她眼中的别人和生活。当她捕捉生活中瞬间即逝的神性时,这种捕捉的聚精会神要求她完全忘记自我。如果说《一个人的战争》中,林白完成了对一个人内心的固守,那么,从《妇女闲聊录》开始,在《致一九七五》《长江为何如此远》《北去来辞》中,她完成了"把自己写飞"的计划。

不过,在阅读《致一九七五》时,我也被一种困惑围绕。在《致一九七五》里,我并没有看到一个强烈地冲击着人的内心感受的人物,这部小说中因为人物众多,使人目不暇接,进而削弱了整个文本给人的冲击感。而在《北去来辞》中,道良、海红、银禾令人念念不忘,她借由这些人物,使我们重新认识生活,现实和时代。

从《致一九七五》开始,不,是从《枕黄记》《妇女闲聊录》开始,林白小说中最为读者熟悉的某种女人——在当代写作领域被诸多女文学青年、女艺术青年和小资们深深迷恋的那类女人形象消失了。这些女性古怪、神秘、歇斯底里、自怨自艾,也性感,也优雅,也魅惑,但是,最终她们消失了。她与泥土亲近,她渴望化身万物,低下身来,倾听这个世界里最隐秘、最珍贵、最朴素的声音。于是,"阴雨天的窃窃私语,窗帘掩映的故事,尖叫、呻吟、呼喊,失神的目光,留到最后又剪掉的头发……"这些女人,曾经生活在林白世界里近十年,成为女性写作的标志性的人物,不见了。

从此,林白小说中另一个叙述人浮出水面:她有深厚的情感、坚忍、从容,有强大的和蓬勃的生命力,她有能力以旁观者的视角观察与审视自己。《北去来辞》是她的又一部代表作,小说从容的叙述,暗含了一位有智商、有包容性、有力量的女性对近三十年来中国社会的理解与认知,在那里,她书写了一个女性眼中的历史和现实。

林白说,她想种一棵树,但没有泥土。后来泥土来了——这泥土就是她家乡来的钟点工木珍。当她和她交谈,倾听另一个女人的世界时,这个曾经引领了一个时代的个人化写作风潮的女性作家,豁然开朗。所以,在《万物花开》的后记中,她讲到了一个农村人的生活景况。"私自杀一头猪要罚六千元,若给乡里食品站杀却要交一百八十元钱,这里面包括地税、定点宰杀费、工商管理费、个体管理费、服务设施费、动物免疫费、消毒费、防疫费、卫生费,国税二十四元还要另外自己交。"通常林白的后记总是充满着诗意和美丽,通常与我们的日常生活,尤其是杀猪毫不相关。作为从《一个人的战争》就开始关注她作品的读者,我看到这段时感受复杂。当这位当年书写着"一个人的战争"的小说家,饱含情感地写下"愿万物都有翅膀",愿每一个王榨人都飞离那些过于苛重的税负时;当这位曾执迷于"一个人的战争"的作家写下"我越来越意识到,一个人是不能孤立存在的,必与他者,与世界共存"时,你不得不感叹,林白完美地完成了属于她的"落地"和自我更生。

这样的努力,值得尊敬。

*   *   *   *

阅读版本:

林白:《长江为何如此远》,海豚出版社,2011年

林白:《北去来辞》,北京出版社,2013年

林白:《妇女闲聊录》,新星出版社,2008年

林白:《致一九七五》,江苏文艺出版社,2007年

以有情的方式构建美

关于迟子建

想到迟子建作品时,首先会想到一种寒冷,是的,她书写的是哈尔滨,那里总给人冰封天地之感,但与此同时,分明又会感受到一种诗性的温暖,会想到冬天里人们冻红的脸颊,想到黑夜里放起的璀璨烟火,想起夜空中最明亮的星辰,想到额尔古纳河边远古的传说……写寒冷时写暖意,写孤独时写热闹,写人群时写生灵,写"天地不仁"时也写下"人间有情",这是独属于迟子建文学的魅力。

三十多年来,迟子建以这样的方式为当代中国建造了属于她的文学故乡。那里水草丰美、森林浩瀚,那里人与动物、植物同生共长,那里的人们勇毅、乐观、坚忍生存。从《北极村童话》到《亲亲土豆》，从《世界上所有的夜晚》到《额尔古纳河右岸》，从《候鸟的勇敢》到《烟火漫卷》，迟子建和她的大森林、北极村、额尔古纳河、漫天的雪花、黑土地，以及黑土地上的人民一起，构建了苍茫、浩瀚、郁郁葱葱的纸上乡原，那是当代文学史上最迷人的东北风景。

寒凉与暖意

2020年春天，迟子建的《白雪乌鸦》再次被重新阅读，成为我们时代生活中的热点。那是她在获得茅盾文学奖之后的长篇作品，关于我们民族的灾难记忆。这部小说是对那场灾难的重历，也是一次对历史的追述。一百年前，傅家甸瘟疫死者达到五千余人，而这个数字是当时傅家甸人口的十分之三。为写这部小说，迟子建做了许多的案头工作，黑龙江省图书馆所存的四维胶片的《远东报》，几乎被她逐页翻过。在后记中她说，开始动手写这部小说时，特意画了张当年哈尔滨的地图，再把相应的街巷名字都标注上。因为小说中的那些人物，要在这个空间里生活，他们要走过当铺、药房、鞋铺、糖果店，要走过妓院、点心铺子、烧锅、理发店，要走过带花园的小洋楼、各色教堂、粮栈、客栈、饭馆。

结实的案头工作支撑了小说的写作，《白雪乌鸦》再现了百年前的傅家甸生活,那时候死神无处不在,恐惧无处不在。不论白天还是黑夜,都伴随着人们的送葬以及哭声。在当时,人们处于极大的恐惧之中,他们渴望中药的治愈,但却不懂得隔离,而更为致命的是,为瘟疫者举行葬礼加剧了死亡。死神在傅家甸迟迟不肯离去,它与严寒一起构成了城市的基本温度,寒凉,残忍,无可逃遁。一大家子人全部身染鼠疫离世是当时的常态,人无法确知死亡如何到来,怎样到来,因何而来。无数百姓躲在教堂里渴望被神明/上帝保佑,但未曾想到,这种集体聚集使传染速度也更为迅速,这让人惊诧地意识到,教堂并不是避难所,那些人渴望逃脱死神来到这里,却没想到被抓得更紧。

读过《白雪乌鸦》的人,谁会忘记小说中分发糖果的女人呢?时隔多年,我依然记得小说中那两个分发糖果的女人,她们有如神性一般的存在。陈雪卿向人们分发糖果,她是为了和她死去的情人同行,因此糖果便成了她面对这个世界的最后一次告别;而俄国美女谢尼科娃希望自己也可以像美丽的陈雪卿一样成为美的化身,但却因为与人群的频繁接触而送命并殃及全家。糖果及其带来的甜蜜抚慰着在大灾难中惶惶不可终日的人们,但同时也把困惑留存给了这个世界。说到底,生存如此严酷,互相取暖也可能会变成互相索命。

在那样的死亡面前,迟子建构建了一种让人眷恋的烟火气息——消失的人们消失了，活着的人活下去；那个叫喜岁的可爱孩子离开了，而新生的孩子，家人依然愿意让他叫喜岁，这名字代表着人的未来，代表着人的生命如"野火烧不尽，春风吹又生"。人物命运的处理让人想到这部小说的作者是迟子建而不是别人。她是寒凉世界历尽千辛万苦，也要执拗地寻找并擦亮细小磷火的人。

《白雪乌鸦》带给我们的是什么样的感受呢？它是寒冬腊月里人与人见面时的那种呵气，是倾盆大雨时人们头上的那顶破荷叶，是矿难时黑暗中对面同伴头上的那盏灯，是人与人聚集在一起时的相互鼓励——在艰难困苦时，迟子建的文字总能治愈我们，一如2020年疫情期间，《白雪乌鸦》再次成为万千读者的枕边书，成为我们重要的精神陪伴。

生死人间，有情天地

萧红和迟子建都喜欢在作品中讨论生和死，尤其喜欢将"生"与"死"并置书写。在《世界上所有的夜晚》中，迟子建将各种各样的离奇的死亡进行并置，同时，她也写了人的活着：无常、吊诡、卑微、无奈、强韧。某种程度上，《亲亲土豆》《世界上所有的夜晚》《烟火漫卷》是迟子建的"生死场"，与萧红的《生死场》不同在于，在迟子建眼里，死亡是悲伤的和痛楚的，而在萧红《生死场》里，人如蚁子般死生，生死是寻常，有如大自然的轮回一般。萧红书写的是人作为物质层面的"生死"，迟子建则讲述了人在情感层面上的"生死"；萧红写的是人和动物忙着生、忙着死，而迟子建的写作则是人间有情、人间有义。

"我想把脸涂上厚厚的泥巴，不让人看到我的哀伤。"这是《世界上所有的夜晚》的开头，小说人物在向我们陈述她巨大的悲伤。给人带来快乐的魔术师丈夫说走就走。"你走了，以后还会有谁陪我躺在床上看月亮呢！你不是魔术师么，求求你别离开我，把自己变活了吧！"小说里的"我"对着要进火炉的魔术师丈夫这样说，要求他变回来。但是，"迎接我的，不是他复活的气息，而是送葬者像涨潮的海水一样涌起的哭声"。

失去丈夫的女主人公去三山湖工作，做民俗学调查收集民歌和故事。在快到三山湖的乌塘镇受阻，这里有小煤矿，常常有工人下了井就再也上不来；女主人公看到一个叫蒋百嫂的女人，她的丈夫在煤矿上失踪了，再也没回来。蒋百嫂害怕黑暗，那天乌塘镇停电了，"蒋百嫂跺着脚哭叫着，我要电！我要电！这世道还有没有公平啊，让我一个女人待在黑暗中！我要电，我要电啊！这世上的夜晚怎么这么黑啊！蒋百嫂悲痛欲绝，咒骂一个产煤的地方竟然还会经常停电,那些矿工出生入死掘出的煤为什么不让它们发光,送电的人还有没有良心啊。""这世上的夜晚怎么这么黑啊",这是小说的"冰山",在此刻,几乎所有读者都可以体会到一个失去丈夫的女人对黑暗的惧怕。

面对蒋百嫂的哭泣,女主人公以为自己找到了同病相怜的人,对蒋百嫂讲述她如何思念自己的丈夫,如何在家里不断地痛哭,怕哭声惊扰了邻居就打开水龙头,接着流水声哭泣;她说丈夫葬礼上的花圈全都被她清理了出去,丈夫喜欢鲜花;她还讲到自己在火炉前如何给丈夫一个热吻,要求他把自己变回给她。听完她的讲述,"蒋百嫂沉默着,她启开另一瓶酒,兀自连干三盅,她的呼吸急促了,胸脯剧烈起伏着,她突然'哇——'的一声大哭起来,说,你家这个变戏法的死得多么隆重啊,你还有什么好伤心的呢!他的朋友们能给他送葬,你还能最后亲亲他,你连别人送他的花圈都不要,烧包啊,有的人死了也烧包啊。你知不知道,有的人死了,没有葬礼,也没有墓地,比狗还不如!狗有的时候死了,疼爱它的主人还要拖它到城外,挖个坑埋了它;有的人呢,他死了却是连土都入不了啊!"

蒋百嫂使用的句式是"有的人死了……有的人死了……",这样的句式是大句子里套着小句子,其中潜藏有冰山一样的悲伤。事实上,小说家也在用这样的句式在讲述世界上不同的夜晚。由此,

《世界上所有的夜晚》带领我们一点点认识这世界上的悲伤和痛苦，慢慢进入人的内心深处。而随着小说的情感起伏，读者也和女主人公一起来到三山湖放河灯，她打开爱人留下的剃须刀盒，那里有他的胡须。现在，她把这些胡须放进了河灯里，她确信这些胡须和这个清流上的河灯，可以一路走到银河之上。也正是在此处，女主人公重新理解了自己的伤痛，也理解了蒋百嫂和许许多多像蒋百嫂一样的女人们。很多人说，女性和女性之间其实是有阶级、阶层、民族国家身份差异的，但是这部小说使我们看到，优秀小说可以打破壁垒，它使我们重新认识女性和女性之间悲欢的相通性。

《世界上所有的夜晚》是迟子建美学风格转变之作。谢冕先生曾经评价说，"向后退，退到最底层的人群中去，退向背负悲剧的边缘者；向内转，转向人物最忧伤最脆弱的内心，甚至命运的背后"。《世界上所有的夜晚》看到了远方无数的人们，许许多多不幸的人们，也看到了这些不幸的相关、看到了人与人悲欢的相通——虽然女性和女性是有阶层的，但是女性和女性的悲欢也是有可能相通的。

表达出一种人与人悲欢的相通性，其实便是一种共情能力。迟子建小说拥有强大的共情能力，这与她的独特表达方式有关。她小说中的每一个细节、每一个物件，都含有人物的情感。日常生活和日常情感由此变得神采奕奕。一如《亲亲土豆》，写的是恩爱夫妻的分别。丈夫得病去世了,妻子用他们播种的土豆埋葬丈夫。而就在她要离开坟地时,"坟顶上的一只又圆又胖的土豆从上面坠了下来,一直滚到李爱杰脚边,停在她的鞋前,仿佛一个受宠惯了的小孩子在乞求母亲那至爱的亲昵。李爱杰怜爱地看着那个土豆,轻轻嗔怪道:'还跟我的脚呀?'"在这里,生者与死者的情感都是日常的,但也是有光泽的,如此温柔,如此缱绻,光泽都在小说的最后一句里。丈夫已经离去,但也没有离去,他和活着的李爱杰在一起,当她嗔怪地跟土豆说话时,他们的夫妻情感便也永远地和他们共同播种的植物凝结在一起。

情感是迟子建作品的经络,个人情感和悲悯情怀在其中相互交织,小说家最终使个人悲苦流进一条悲悯的河。也正是在这里,我们看到了迟子建与萧红的重要不同:萧红的世界里,人们对生死并不敏感,人们很迟钝,浑浑噩噩地生、浑浑噩噩地死;而迟子建笔下的每一个人的死亡都让人震动。很奇怪,虽然对生死的理解不同,但是,越过那些哭泣和悲伤的人群,迟子建和萧红在某个奇妙的高度上获得了共振:世界上所有的优秀小说家终会将目光放得辽远。

有一种作家,他们擅长看到世界的黑暗和深渊,他们会写下这个世界的"真相"和"实然";还有一种作家,他们总能看到世界的明亮和温良,他们会写下这个世界的"光泽"和"应然"。迟子建显然属于后者,她的作品天性温厚,有一种天生的明亮和美好,我想,那是她所理解的世界的"应然",因此,同样的现实和世界,她却总能以"踏着月光的行板"的方式别有所见。独属于迟子建的文学世界是什么?是在寒冷的世界里构建出独属于她的温度;是在凉薄的天地间构建出"有情天地";是在一个让人时时感到悲观和虚无的世界里,写出普通人强劲而有韧性的"活着"。

"我想做这样一只蚂蚁"

苏童说:"大约没有一个作家会像迟子建一样,历经二十多年的创作而容颜不改,始终保持着一种均匀的创作节奏,一种稳定的美学追求,一种晶莹明亮的文字品格。"这个被无数次引用的评价真是切中。三十多年过去,迟子建依然以均匀的节奏书写,书写她的黑土地,书写她所热爱的东北大地上的人民。写相爱的人、伤心的人、郁郁寡欢的人、平平淡淡的人,写独臂人、养鱼人、拆迁户、做小买卖的、开爱心汽车的、失业者们,写空村、小镇、林场——他们或沉重或低微的叹息,他们平凡生活中的苦痛、不安和喜悦,都被这位生活在北中国的女性看到、听到和感受到了,她写下他们,并以这样的方式和他们在一起。

"我觉得雄鹰对一座小镇的了解肯定不如一只蚂蚁,雄鹰展翅高飞掠过小镇,看到的不过是一个轮廓;而一只蚂蚁在它千万次的爬行中,却把一座小镇了解得细致入微,它能知道斜阳何时照耀青灰的水泥石墙,知道桥下的流水在什么时令会有飘零的落叶,知道哪种花爱招哪一类蝴蝶,知道哪个男人喜欢喝酒,哪个女人又喜欢歌唱。我羡慕蚂蚁。……而我想做这样一只蚂蚁。"这是迟子建小说《世界上所有的夜晚》中的叙述人语,也是迟子建一直以来的美学追求——这样的追求,令人心生敬重。

读迟子建最新长篇《烟火漫卷》,不由再次想到她小说中那句"而我想做这样一只蚂蚁"。小说分为上下两部分,上部分是"谁来署名的早晨",下部分是"谁来落幕的夜晚",这些题目里的"谁"指的是"谁"?是那些默默生存的生灵。"无论冬夏,为哈尔滨这座城破晓的,不是日头,而是大地卑微的生灵。"这是这部长篇的开头,这部作品带我们来到哈尔滨,带领我们看到"一年之中,比朝露和雪花还早舒展筋骨的,是学府路哈达蔬菜批发市场的业主们",我们看到"紧随着批发蔬菜者步伐的,是经营早点的人";也看到那些流浪猫狗,"在灰蒙蒙时分,赶在扫街的和清理垃圾的现身之前,流浪的猫狗开始行动,各小区的垃圾站酒肆门前盛装剩菜剩饭的桶(目标得是低矮的桶,否则它们难以企及),有它们的免费早餐"。

读《烟火漫卷》，会发现，小说家实在是以饱含情感的方式看待这世界上的男女和生灵。她看到他们每一个人的际遇，这世界上，每个人都有故事，每个人都有委屈——一个孩子丢失了，多少人的命运轨迹由此改变；一个丈夫消失了，妻子如何在荒凉的人世间寻找可以托孤的人！读者们会不由自主地和刘建国、翁子安、刘骄华、黄娥、于大卫们在一起，这是关于遗失与寻找，关于寻找和向往，关于怅惘和失落的作品；它让人静默、沉思，让人重新认识生活，重新认识什么是父母情、手足情、夫妻情，什么是生别离，什么又是常相随……这部小说，让人重新认识人在世间的生存。

《烟火漫卷》中，看起来平淡无奇的世界在这位作家笔下被重新点亮，这是拥有强大创作能量的小说家，面对阔大无边的世界和斑驳复杂的生活，她的笔调愈发苍劲、苍郁、苍茫，同时又别有穿透力，小说中，她以一种有情的方式体察自然、世界和人事，引领我们看到自然之光、生活之光、人性之光。

　　雪已落下。我回忆起
　　一扇敞开的窗子里传出的音乐。

　　快来啊，世界喊道。

这不是说

它就讲了这样的句子

而是我以这种方式体察到了美。

这是 2020 年诺贝尔文学奖得主路易丝·格丽克的诗作《十月》，我尤其喜欢那句"我以这种方式体察到美"——这世界上，每一位写作者都会在内心仔细辨认、倾听世界的呼喊，但是，却只有少数真正的作家才能以其独具标志性的方式体察并完成对美的构建。很显然，迟子建属于少数人中的一员，她以有情的方式构建了独属于她的美学。

* * * *

阅读版本：

迟子建：《白雪乌鸦》，人民文学出版社，2010 年

迟子建：《世界上所有的夜晚》，《钟山》2005 年第 3 期

迟子建：《烟火漫卷》，人民文学出版社，2020 年

下

　　他比当下许多写作者更诚实、更冷静、更深刻地认识到何为人：人不是英雄，不是神，不是鬼。每个人的善好，有其来路；一个人的作恶，也非必然。人有人的局限。人的瞬间美好不意味着人的永远高大，人偶然的作恶也不意味着人性永远丑陋，人不过就是人罢了。

异乡人

关于魏微

一

魏微有部非常耐人寻味的短篇小说《异乡》,讲的是一位远离故土的青年女性重回故乡的故事。这令人想到现代文学初期的经典作品《故乡》。鲁迅书写了重回故乡后的震惊体验,魏微亦是如此。和《异乡》中的子慧类似,魏微小说的叙述人总是流动的,夹杂在一个并不安稳的时间和空间里,进而,对故乡的执迷书写便成为渴望寻找安稳、信任以及由此而衍生的亲情、爱情的隐喻。异乡感折磨着每一个人物,也折磨着叙述人,这使魏微的小说远离了那种甜腻的亲情/温暖小说底色,也使我们得以更逼近她小说内在的核心。

异乡感既是个人与故土之间的相互难以融入,也是对所在世界的诸多价值观的不能认同。《化妆》中的嘉丽"化妆"冒险与情人相见,使她永远地成为这个时代的异乡人。我们这个时代认可的是多年后重逢的光鲜,为彼此留下美好的念想。但她执拗地希望爱情"富贵不能移,贫贱不能屈"。重新体验贫穷的女人不仅被前情人鄙视,也被她所处的这个时代打击。也许还有另一种异乡感,那是一种永远在别处的异乡感。它困扰每一个有着平凡而千篇一律生活的人们,如《到远方去》的中年男人,《一个人的微湖闸》的杨婶。他们内心都分明有着某种强大而不可扼制的欲望与力量,这样的欲望与力量使他们成为各自生存环境中的异者、孤独者、不合群者、异乡人。在看似安稳的面容之下他们都有颗不安稳的心。魏微书写着这个时代卑微而敏感的不安分者,以及他们内心那无可排遣的异己感、异乡感,她也借由这样的人物,为一个时代的都市里讨生活者画像与立传。

一如60年代出生作家无法忘记他们童年时的那些"文革"记忆一样,成长于90年代的魏微永远纠结于那个断裂的记忆,纠结于计划经济向市场经济转变的一瞬——那岂止是一个时间上的转变,还是价值观的崩塌,是人生观的断裂,是爱情观的开始变形,甚至,也是亲情扭曲的开始。魏微不断地书写着那个渐变的故乡和被时代摧毁得面目全非的"小城",她的文字常常令人重回昨日:我们每一个人,不都是这个飞速旋转时代的异乡人?每一个人,内心里不都有个他乡与故乡?

二

《异乡》讲述了一位在外漂泊的青年女性回到故乡时的震惊体验。从小城来到都市的女青年子慧,和她的女友一起被房东当作可疑的外地人审视,"小黄关上门,朝地上啐一口唾沫说:'老太婆以为我们是干那个的。'"而这个时代,正是中国人热衷离开的时代。"他们拖家带口,吆三喝四,从故土奔赴异乡,从异乡奔赴另一个异乡。他们怀着理想、热情,无数张脸被烧得通红,变了人形。"身在异地,饱受歧视,四处奔波讨生活,回忆熟悉温暖的小城成为子慧的习惯,受到委屈和不公时,她便突然想回家,回到她的小城去,因为那里"青山绿水,民风淳朴"。她常常向他人讲述着她的故乡:"青石板小路,蜿蜒的石阶,老房子是青砖灰瓦的样式,尖尖的屋顶,白粉墙……一切都是静静的,有水墨画一般的意境。"离开家乡的子慧最终选择回家看看。"现在她不太情愿人家拿她当吉安人。她在外浪迹三年,吃了那么多的苦,为的是什么?为的是洗心革面不做吉安人,她要把她身上的吉安气全扫光,从口音、饮食习惯,到走路的姿势、穿着打扮……一切的一切,她要让人搞不懂她是哪里人。"

在故乡,子慧的第一次震惊体验来自他人的目光。"她拐了个弯,改走一条甬道,走了一会儿,突然感到背后有眼睛,就在不远的地方,无数双的眼睛,一支支的像箭一样落在她的要害部位,屁股、腰肢……到处都是箭,可是子慧不觉得疼,只感到羞耻……天哪,这是什么世道,现在她连自己都不信任,她离家三年,本本分分,她却总疑神疑鬼,担心别人以为她是在卖淫。"女主角站在故乡的土地,却感觉到比身处他乡更为冷清。而更大的震惊则源自她的家庭,她的父母。她回到家,自己的行李箱已经被打开,内裤胸罩都被检查了。

因为在外生活并不窘迫,母亲直接将女儿视作了妓女。这来自母亲的不信任,给予子慧的震惊远胜于来自大都市陌生人那里的歧视。小说书写了小城对年轻回乡者的深刻怀疑,也书写了一种伦理关系因为这种不信任而遭受到的破坏。这种不信任由何而来?或者,因为中国传统文化对女性身体的看守,但更大的原因则在于大环境中对于暴富者的深刻怀疑。因不法手段暴富者在当代中国甚为普遍,这使得小城对"远方"产生了警惕。《异乡》中子慧所获得的震惊体验,是一个青年女性因身体所遭受到的巨大不公的表现——她穷,容易被人视作可能会出卖肉体；她不穷，也容易被人视作因靠肉体赚钱——这样的想象，是城市外来女性生存出路狭窄的现实性投射，也是一个时代对有财富者、暴富者的完全不信任的表征。《异乡》的字里行间，都潜藏着一位青年女性在故乡与异乡所受到的双重创伤，也潜藏了时代和价值伦理的巨大变迁。

《异乡》还有个姊妹篇《回家》。如果说《异乡》中魏微书写的是清白的回乡女性如何被人猜忌和不接纳，那么《回家》则书写的是真的妓女的离去与归来。这两部小说形成了有趣的参照关系。警察送小凤一干人等回家，着意希望这些身体工作者以后清白做人。但家乡和故土并不接纳，母亲也不。

母亲说，凤儿，娘只你一个女儿……娘全指望着你了。不管怎样，找个人嫁了是真的，只有嫁了人……你吃的那些辛苦才算有了说法。要不你出去混一遭干吗？……你出去混一遭，为的是嫁人。小凤笑道，依你说，我在乡下就没人要啦？母亲拍打芭蕉扇子站起来，自顾自走到屋里去，在门口收住脚，迟疑一会儿道，难啦！

"不管怎样"——母亲并没有和小凤挑明了说，她们心照不宣。

小说人物自有对小凤等人皮肉职业的鄙视，但同时也可能是一种默许。母亲鼓励女儿再出去受罪，去混，找个人嫁了，表明对贫穷的恐惧远超过了对贞洁的看重。小说最后，小凤带着另一个姐妹李霞共同离开，则显示了青年女性离开故乡做皮肉生意行为的绵延不绝。对于这些贫穷土地上的女性，也许只有走出去赚钱嫁人才是最好的选择，用什么样的方法赚钱已不足论，钱是否干净也是次要的，人们更看重的是结果。《异乡》中母亲的怀疑和武断，《回家》中母亲的不接纳和鼓励出去，都是对寻找家园的青年女性的打击。因"离去—归来"模式，魏微将乡镇中国的社会现状做了一次有效的注解。

从《异乡》很容易想到鲁迅的《故乡》。1921年，现代文学之父鲁迅发表了他的杰出作品《故乡》。叙事人二十年后回故乡，记忆中的故乡与眼前这个故乡发生了深深的断裂，这使他处于深刻的震惊体验当中。故乡的破败和童年玩伴闰土的凄苦生活使小说家感到痛苦，有着一轮明月的故乡只是"我"想象中的了。这是一幅典型的回乡图景，也是近百年来中国知识分子回乡的普遍经验，而书写这种震惊体验时，"归去来"的模式非常重要，这是鲁迅作品中常有的叙事模式。

魏微小说中有"想象性的故乡"，民风淳朴，世事清明，生活着爷爷奶奶和亲人们。《回家》《异乡》以及《乡村、穷亲戚和爱情》

等小说也都有类似于鲁迅小说中的"离去—归来"模式。只是,不同在于,魏微书写了作为回乡者的窘迫,一位回乡者所受到的审判,以及回乡者所遭受的亲缘伦理的质疑和抛弃。这多半缘于故事的主体是女性,声音和叙事视角都是女性。魏微写作《异乡》时可能并未曾想到《故乡》,但这部读者耳熟能详的作品无可回避地成为魏微书写的"前文本",构成了魏微身在其中的强大传统。某种意义上,《异乡》和《回家》都是对这一经典性文本进行互文式写作,也是后辈作家对前辈作家的一次隔空致敬。这令人想到同为70后的导演贾樟柯的电影。在贾樟柯的电影中,他的家乡汾阳是他的主角,借此,他书写了一个不断变化时代里一个小城的沦落和变迁。魏微的小城也是如此,只是,魏微重新面对小城的方式没有贾樟柯那样直接,那样斑驳和复杂。无论怎样,乡镇中国的灰色现实通过这些邻里如箭的目光获得了放大,外面的世界对这个封闭的小城意味着洪水猛兽。子慧的异乡感通过父母亲的审问和盘查获得了放大。浪漫意义上的温暖故乡在此刻早已被剥离殆尽。

依我看来,魏微故乡系列作品的意义在于,借由女性的际遇,我们看到"故乡"在我们眼皮底下发生了何等的巨变,经由一个女人的离去与归来,我们得以见证乡镇中国人际、亲情以及伦理冲突之下的崩坏。

三

  《化妆》不是一部只写性的小说，但关于性与金钱、身体与金钱的关系却无处不在。魏微小说的别有气质之处在于她笔底的性不只是性，身体不只是身体，女性书写也不只是女性书写。当嘉丽以贫穷的衣着叙述着她的经历——下岗、离异——时，科长的怜悯中分明开始有了鄙夷，甚至怀疑她以一种最廉价的方式赚取生活下去的资本。科长的猜测和想象击垮了嘉丽，也足以令每一个在困窘中的女性备感绝望。这样的际遇，在《异乡》中也有。房东担心她是"那种"女人，母亲把她的衣柜打开以寻求可疑的迹象——子慧被误读、想象、猜忌、鄙视。

  嘉丽说出下岗女工身份后，为什么科长立刻想到这个女人的生活靠的是廉价的肉体交易呢？为什么子慧到了外地便被人猜疑过另一种生活？不在于现实中这些外地女青年和下岗女工是否真的是这种职业，问题在于她们"可以"被很多人轻蔑这个事实。这样的想象也影响了女性们的自我想象——贫困时期的嘉丽在与科长幽会时多次想到自己可能成为商品的处境，无意识地把科长给不给钱、给多少钱在内心进行一次比较，她甚至不敢用科长给她的三百块钱，因为在嘉丽眼里，钱一旦被使用，感情就变了味道。"异乡"，是现代人的无家可归感，是现代人面对物欲世界的无可奈何，不也是女性面临着被商品化的想象无处逃遁的心境吗？在这个以财富和地位为评判标准的物质世界里，离异的下岗女工，外地的女青年——那些被主流排斥在外的边缘群体，不是异乡人又是什么？

"嘉丽扶着栏杆站着，天桥底下已是车来车往，她出神地看着它们，把身子垂下去，只是看着它们。"这是一切结束之后的嘉丽。化妆的她再一次被路人们的眼神所打败时，风在小说的结尾吹来。那是有关愤怒、悲伤以及绝望的风。子慧在被误解后也有从楼上跳下去的冲动，但她们最终是不会跳下去的，内心的挣扎只会在刹那间产生——大部分女人都不是刚烈的，反抗的，她们只是普通的一群，她们除了以敏感、柔软的内心感知来自外在的威胁与排斥之外，她们还会回复到原来的生活中去。

性的压抑是生命力的压抑，魏微小说中有一群人是为此而困扰的，比如储小宝，比如杨婵。这是一群敏感的人，他们很容易听到内心的声音。尽管魏微讲述的并不只是女性的性，但不得不承认，关于女性她的体察与认识更为锐利。如果将《回家》《异乡》《一个人的微湖闸》以及《一个年龄的性意识》归在一起，可以说，魏微书写的是女性的身体，以及女性身体的际遇。魏微没有躲避自己的女性身份,她的大部分小说是从女性以及女童视角出发进而抵达隐秘的书写。

魏微写性不煞有介事,而是举重若轻。例如《在明孝陵乘凉》。小说写的是一个女孩子的成长,这样的成长当然和男人以及初潮有关。这一切不过是日常的性罢了。但魏微却写得神秘和辽远,她将一种日常的性和作为重大事件的性巧妙地结合在了一起:三个小伙伴的一切都发生在明孝陵里,而那里,躺着的是千百年前的帝王和后妃,以及不为我们所知的性与高潮。帝王当年也有着同样的"第一次",性以及快感。明孝陵的久远和小芙与百合刹那间的成长就这样巧妙地共同存在于一个空间和文本中,这样对性的认识,显示了魏微在最初开始写作时与众不同的性观念。相比于传说中的皇帝与后妃,平凡人的性才是她所关注的。这潜在地表明魏微的性是存在于民间的自由立场里的。《大老郑的女人》中非良非娼的女性是令人感兴趣的,她用身体安慰那个男人,这样的性在社会中是不被承认和接纳的,但这样的性却有着强大的生命力,它让人想到沈从文的《丈夫》。凡夫俗子的性,穷苦人的性和快乐——与那种尖叫的女性身体相比,魏微小说人物的性正大自在,具有极强的生命力。

性别意识殊为强烈和敏感,是魏微作为艺术工作者的天赋使然。这不仅仅表现在《一个年龄的性意识》中的痛感把握,也包括她的另一部小说《乔治和一本书》。乔治房间里有很多书，他常常在女人面前拿来英文版的《生命中不能承受之轻》。"乔治轻轻念上一段。他的英语发音异常准确，鼻音很重，像个地道的英国绅士。""现在托马斯的情人向托马斯的妻子发出了托马斯式的命令，两个女人被同一个有魔力的字连在了一起……服从一个陌生人的指令，这本身就是一种疯狂。"接下来，乔治道："现在该我说了。脱！"他说的是中国话，温和而坚定，甚至带有权威的口气。他从佳妮的眼里看到了特丽莎崇拜的神情。这神情，从他屋里穿过的每个女人都有。乔治做爱前喜欢朗诵《生命中不能承受之轻》的一段话，这成为他性生活中的重要步骤，是不可或缺的前戏。他纯正的英语和纯正的西方性观念完全掠夺了那个时期的女孩子，她们不假思索地与他上床，仿佛在跟现代化的生活做爱／接轨一样。

这是线条并不复杂但又颇有意蕴的作品。魏微将一个伪西方人来到中国大陆后的艳遇写得别有意味，变成了一种象征，一种时代的症候。魏微的叙事语调依然是娓娓道来，但分明带有某种戏谑的表情。这种表情在魏微小说中并不常见，它很宝贵，因为这种戏谑不轻率，充满智性。乔治最终遇到挫折——因为没有朗诵英文版《生命中不能承受之轻》做前戏，乔治在征服女人的战役中"异常孱弱"，在性爱中失败了。连同表情、腔调、声音、台词，当所有的外在光环都已褪去,当乔治只还原为一个自然属性的男人时,他失去了他的最基本能力。这是一次卓有意味的失去。这是一次卓有意味的失败。当假洋鬼子还原为一个人时,他失去了他的征服能力。他不能再征服他人。他只有带着他满嘴的洋文和名词,以及由此而产生的一种莫名其妙的虚弱光环才能所向披靡!写这部小说时魏微只是个初出道的写作者,但其中对于那个"以西方为是"的年代内核之把握却令人印象深刻。魏微借由一个人的性,书写了一个时代的虚弱。

四

魏微不是通常意义上的女性写作者,她的写作并不以狭隘的"尖叫""女性身体"为宗旨。事实上,在最初,她就与拿身体当旗号的女性写作保持了严格意义上的区别。魏微将一种社会性别意义上的写作有力地推进了一步。她书写了青年女性,那些流动在社会里的青年女性生存的困窘和不安,她书写了贫苦女性注定需要面对的种种尴尬,她关注这个社会上"被窥视的身体"和"被金钱化的身体",她将社会给予女性的严苛和责难给予了深刻关注和深切书写。尽管她并没有大张旗鼓地标榜什么,但这样的书写远比那些标榜更为有力和痛切。因而,魏微的小说尽管书写的是一个又一个女性作为个体的际遇，但这些小说分明具有隐喻的色彩，具有某种普泛意义。

"我喜欢把一切东西与时代挂钩，找个体后面那博大精深的背景和底子。个人是渺小单薄的，时代是气壮山河的，我们得有点依靠。"这是魏微在《一个年龄的性意识》里的一段话。在这段话中，包含了一个书写者对个人与时代的思索。她在当时也许是懵懂的，但她后来的写作表明，她在努力地表达她个人之于时代的思索。魏微小说以一个青年女性的视角切入了一个时代，切入了我们这个时代给予贫穷者、异乡人切肤的疼痛和困扰，并以一种细节的放大和描摹方式，使这种疼痛和困扰变成了某种普遍性。

*　　*　　*　　*

阅读版本：

魏微：《姐姐和弟弟》，山东文艺出版社，2005年

魏微：《拐弯的夏天》，工人出版社，2010年

魏微：《家道》，21世纪出版社，2012年

有内心生活的人才完整

关于张楚

张楚在唐山滦南小城做公务员。这是个过着双重生活的写作者，一如《七根孔雀羽毛》后记中所言，他已经将自己变成了"怪物"。关于他的白天，我们每个人似乎都能想到一些，在那个偏僻小城的国税局办公室里，他写材料、做简报，按时上下班，沉默、低调，极力避免成为人群中的怪异者。到了夜晚、假期，到了他不属于公务员的另一个时光隧道里，张楚便以"书写"过上另一种生活。

小说集《七根孔雀羽毛》中收录的七部中篇，每个故事都与一个小城有关。这个小城偏僻、封闭、保守，但也活跃、繁华。和中国土地上无数小城镇一样，这里是当代中国社会最敏感的神经系统，有各种各样的人和故事，每个人物都有他们各自的生命轨迹和内心生活。《七根孔雀羽毛》的问世表明，张楚已经逐渐成长为小城镇人民内心生活与精神疑难的见证者和书写者。

对小城生活想象的重建

小说《梁夏》令人印象深刻。一个叫三嫂的帮工爱上了老实农民梁夏，他断然拒绝了她的身体诱惑——这是一个秉承朴素性道德观念的农民，他只忠诚于自己怀孕的妻子。第二天，女人诬告他强奸，要求他赔偿。没有人相信梁夏的辩白。他告到村里、告到镇里、告到县里、告到市里，他不断辩解，跟他的邻居、哥们儿解释，但都不能为自己讨得清白，反被哄笑。梁夏的故事有点像男版的《秋菊打官司》。但绝不像那个故事那样线条清晰。梁夏面对的不是女人，不是政府，而是整个社会氛围和生存境遇。他每说一次"她想搞我"，都要面对人们奇怪的反应和促狭的表情。梁夏要求与女人对质，众人更有兴趣听女人讲各种体位，看她拿出来皱巴巴的小手绢，女人说得越仔细人们听得越兴致勃勃，没有人在意真相，没有人在意一个男人的清白，梁夏因此处于荒诞的境遇。小说的结尾，三嫂在夜晚表达了对梁夏的不舍后悬梁自尽。这个结尾保全了女人。作为小说家，张楚相信人，相信爱使之恨，也相信爱使人柔软、完整。女人死后，梁夏的感觉如何？"有那么片刻他觉得世界安静极了，所有的喧嚣都被这麦秸垛挡在了耳朵的外面，他甚至痴痴地想，要是能一辈子这样躺在麦秆里，该多好啊。"

张楚的笔下是一群我们自以为了解却完全不了解的人，阅读张楚小说会使我们深刻认识到我们对小城人民内心生活的想象何其贫乏、充满隔膜。张楚笔下的这些人完全不是什么底层和卑微者，他们活得良善、活得节俭、活得困窘、活得道德，也活得自我，在他那里，这些人的生活是有质感和可信的，他在重建对小城生活的认知和想象。

《七根孔雀羽毛》中的人物似乎都钟爱小物件，比如"七根孔雀羽毛"，比如"大象"，比如"微型蔷薇"……当他们摆弄这些物件时，他们的生命似乎获得了神启。一如《夏朗的望远镜》里的夏朗，他为蛛网般的生活围困，但因为有了对望远镜的痴迷，这个人便有了精神上的光泽。对"物件"的钟爱某种程度上正是人内心生活的具象。

有古典主义情怀的写作者

写作是公务员张楚找到的属于他的望远镜。他拥有他完整的精神世界：笃定，执着，心无旁骛，这位小说家像极了这个时代手工业作坊里的师傅——他会不厌其烦地书写日常中的细部生活,直到它们闪现出我们平素不易察觉的亮度和异质。他写风景、写气息、写味道,写男人与女人,写人与人之间微妙和暧昧的心意相通,写人生活着的那个大自然和大自然中的小生灵们:蝉鸣、纺织娘的叫声,以及麦子的气息。他小说里的人物可以靠在草垛上闭眼,感受阳光。这是一个手工业者的感受,也是具有古典主义情怀的人才有的触觉。张楚的细腻、安详使他成为这个时代难得的沉得住气的写作者,一个耐心的写作者。

书写传奇和惊悚容易将读者带入,书写日常则是对小说家技能的莫大挑战。张楚的小说写得谨严。即使他使用同样的角度,你也会发现他笔下生活的异质。《刹那记》书写的是小镇上一个貌不惊人的少女樱桃的个人成长。最初进入阅读空间,你会马上想到苏童的小说,但很快,你会为自己的武断而羞愧——张楚是那么不同,他的小说有"北方气质",张楚以北方人的宽厚、体恤见长,即使是在那样的灰暗无聊中,他依然可以书写出人性的空间、生活本身的质感,以及平凡生活繁复而暧昧的气息。

2003年,当张楚以《曲别针》令文坛眼前一亮时,李敬泽作过评价,认为张楚的小说"为纷杂而贫乏的文学展示了一种朴素的可能性",他"在对差异的把握中严正追问什么是怜悯、什么是爱、什么是脆弱和忍耐、什么是罪什么是罚、什么是人之为人、什么是存在,这是真正的文学议程,由此文学能够发出独特的、不可替代的声音,打动人、擦亮人的眼睛"。多年后读来,这个评价依然有效。

《大象》也是禁得起琢磨的小说。一对养父母,为了报答当年那些救助养女明净的人,踏上了去城市的报恩之路。但他们并没有实现愿望,没有找到那个人,或那个人已失去记忆。与此同时,明净的病友也来城市寻找久无消息的明净,最终,父母在城市广场上看到了明净的病友,在预感到明净可能去世后,她在伤心地哭泣,读者并不知道他们是不是相识,小说在此处结束。作为读者,养母手中的大象玩具使我心软——那里装着女儿的骨灰。阅读者和小说本身的内部情感都因这个"具象"的思念被激发。人物情感的枝蔓和人物性格在小说中都能发育得足够充分,张楚有天然的艺术质感,他的内在情感充盈,即使他再克制,你依然能感觉出小说家对世界的情感温度,他对世界的善意和爱恋。

不以传奇为传奇,不以日常仅为日常

张楚的小说似乎从未走出过他的小城,他对小城生活的热爱让人惊讶,那里的一草、一木、一座房、一条街,他热爱他的小城朋友和亲人，他把对亲人和朋友以及他的小城镇的情感都镌刻进他的文字里。他们是我们这个时代最普泛的人群，那是面目含混但渴望尊严的人们，是生活中有血也有泪、有奶也有蜜的人们，是肉身中藏匿着焦躁而扭曲的内心的人们。这些人在张楚的"美妙仙境"里重新活起来。与其说这个小说家书写的是一个个他生命中遇到的人，不如说他重建的是一个庞大的小城群体，一个当代中国的小世界、小社会。

《细嗓门》令人惊艳。女人林红是个屠夫，她有一天来到大同，想看看她多年不见的闺蜜岑红过得如何。得知岑红面临离婚，她试图说服那位警察丈夫回心转意，甚至渴望找到那位第三者来沟通。两个女人一起换衣服时，林红的秘密被发现了："林红的胸脯、林红的胳膊、林红的后背、林红的手腕上全是疤痕，有深有浅，还有椭圆形的疤，明显是用烟头烫过的。"小说里透过种种迂回故事的细节勾勒着这个女屠夫的悲剧：父母早逝，家庭暴力，妹妹被丈夫性侵犯。小说的结尾处，两个女人约好在一个小花园里见面，但林红被紧随而来的警察逮捕——她是杀夫者。林红丝毫没有反抗，她对她的女友耳语说只想为她办件事但还没有办成。她留下了给女友的礼物，也给女友留了念想。"小巧玲珑的花盆，盛开着两朵粉红蔷薇。单瓣蔷薇在寒风里瑟瑟抖动，发出极细小的呜咽声。"

《细嗓门》是优秀的中篇，小说家试图将"林红事件"还原为日常事件，他试图将这个女人的命运还原为日常命运而不是传奇。在《七根孔雀羽毛》后记中，张楚说他在小城里总能听到各种道听途说的故事，小城的很多人物也都是骇人的偷情案、谋杀案、奸杀案、爆炸案、盗窃案、抢劫案的制造者。在他看来，"在这些案件中，他们孱弱的肉身形象总是和人们口头传诵的虚拟形象有着质的区别"。这些小说表明，张楚要做的是还原，他要把那些被演绎固定了的故事拆卸，重新拼接、组装，给予它们脉络、血肉。他以他的逻辑讲述那些事何以发生，因何发生——这不仅仅是一种写作方式，一种讲故事方法，也是一位作家对世界的理解与认识。

张楚是一位从不以小城镇为小，也从不以那花花世界为大，不以传奇为传奇，也不以日常仅为日常的小说家。作为看客，我们也许需要些传奇来填补冗长的人生，但当事人没有一个甘愿来主动填补，不过是无奈，不过是无助罢了。《细嗓门》只字未提林红个人生活中遭遇到的种种难堪和羞辱，却奇妙地让人想到那些平静面容下伤痕累累的心灵，获得令读者百感交集的魅力，这是属于小说家张楚的才情。

* * * *

阅读版本：

张楚：《七根孔雀羽毛》，上海文艺出版社，2012年

重构人与城的想象

关于徐则臣

"希望在他们头顶掠过,如流星从夜空中陨落。"这是歌德的诗句,也是我对徐则臣小说中那些漂浮在北京的外乡人命运的感受。对于北京城里"特殊"人群的关注使徐则臣脱颖而出,在最初,他也许只是一群人生活的揭秘者,一种生活状态的刻画者。很快,读者们意识到,作为一个敏感的勤于思考者,徐则臣以他不断的努力完成着属于他个人的写作责任、发挥着属于他个人的写作才华:他的中短篇小说序列揭示着这个时代社会文化中被我们秘而不宣的那部分特质。那是关于为过上好日子而不惜穷尽一切手段的生活状态,是关于底层向上层流动的无望的探求。经由这样的人物系列,他的笔下显现出了与老舍那京腔京韵迥异、与王朔式京城文化完全不同的文学想象。那是作为美好愿景的北京,那是作为攀比对象的北京,是作为奋斗目标的北京,是作为各种欲望搅拌器和巨大阴影存在的北京……关于北京的想象、传说,与许多在黑暗中奔跑着的族群一道,构建了徐则臣关于人与城的陌生想象。

作为欲望搅拌器的北京

北京是徐则臣小说中最常见的地理名词,但意义却不仅限于地缘。这是陌生化的北京,在"站住,站住,我们是警察"的叫喊声中,我们看到了速度中的北京城:"我们已经穿过了万泉河桥,跑到了妇产医院前。边红旗说分开跑,他直接往北,跑上了万泉河路,我则沿着苏州街南路向前跑……我觉得好像很多人都在跟着我跑,身后的叫喊声不断。我跑得更快了,追我身后的人好像更多了,满耳朵里都是杂沓的脚步声,我前面的人也跟着跑起来。满大街都在跑,满天地都是跑步声,我的喘息呼哧呼哧的,肺部变成了一个巨大的风箱。我竟然跑得很轻盈,脚底下长毛似的。"(《跑步穿过中关村》)那些卖黄色光盘、卖发票、伪造各种证件的人们奔跑着,在北京城的街道上、栏杆处和墙壁上,刻下他们的电话号码,给这个城市贴上陌生而又难堪的标志。

新标志是城市的牛皮癣，它存在有它存在的土壤。这个城市比以往任何时候都重视身份和证件：身份证、居住证、结婚证、毕业证、会计师、律师资格证、研究生毕业证……这是没有证件寸步难行的时代，证件包围并占有我们的生活。证件是身份，是标志，也代表阶层。制假证者行业如此让人担惊受怕又如此让人难以割舍，全缘由北京城身上的浮华的光环。虚荣使古老的北京化为生长时代疾病的"温床"。

在外地人眼中，与北京姑娘的结合是令人激动和向往的，那是占有，是征服，是隐秘梦想的实现；但，也可能是走上不归之途。《天上人间》中有子午和闻敬在圆明园月光下做爱的片段。"底下的那个人死死地抱住上面那人的腰，一条白腿泛着幽蓝的光，从躺着的大石头上垂下来。她的嗓子里有混乱的声音发不出来。"年轻身体的交会并不甜蜜。明月有些变形，圆明园阴森森的，整个画面沉痛而有悲剧意味——子午和北京姑娘最终没有能办理结婚证，他因敲诈他人而死于非命。北京困扰着边红旗、周子平和子午们，也一直困扰着徐则臣。他不断书写外地人眼中的北京城，像走进一条幽深的胡同。这样是很容易沉入"拉斯蒂涅"故事套路中去的。《天上人间》之后的徐则臣面临着属于他自己的难题。在让一个特殊群落的生存际遇成功浮现到文学的星空后,写作者的路在哪里?

《小城市》是"把死胡同走活"的尝试。以记者的身份,叙述者书写了他的归乡见闻。几乎所有读者都不能忘记小说中那个"好秀"细节。家乡某公司二十九岁女副总用"好受!"来表达她与五十二岁新郎的性经验。"'好受!'必须把感叹号放在引号里面才能表达她的幸福和惊喜。该副总普通话里夹着浓重的方言,'受'完全是个'秀'音。"归乡者脸红了,"他无法接受一个故乡的年轻女人用这种方式把自己的隐私摆到饭桌上"。

——故乡的美好在性话语中一点点远去。《小城市》书写了中国社会最敏感地带的礼崩乐坏。令人感兴趣的是小说对北京的书写,饭桌上人们津津乐道于讨论北京,北京是传说,也是参照。"'别拿老眼光看咱们小城市,'老初又要了两个豆腐卷,'北京的中产阶级是中产阶级,咱们的中产阶级也是中产阶级。彭泽我跟你说,这地方除了中南海和天安门,什么都不缺。'"小城市是如此渴望"成为北京"! 渴望"成为北京",意味着渴望赶上时代,意味着"与时俱进",也渴望"与时髦共在"。

《小城市》是徐则臣思考北京与故乡、城与人关系的转折,他敏锐把握到了作为中国社会发展的最关键部位的县级城市的脉搏,小城市其实也是整个中国城市化过程中最为重要的地带。小说传达了作为隐喻的北京对小城人们生活方式的巨大冲击力。小城市的发展表明故乡如此主动活跃雄心勃勃,其前进步伐之大以及开放尺度之宽,远甚于一个北京人的想象。这给予归乡者震惊之感。在北京城的阴影之下,故乡变作异乡,北京成为怪兽;徐则臣以"离开北京写北京"的方式实现了他个人写作的"豁然开朗",同时也完成了属于他个人的"人与城"的文学想象:作为交叉地带的小城市,早已变成当代中国社会文化冲撞最为激荡的场域与实验田。

叙述人的"守持"

徐则臣是怎样使他的京漂系列小说更具可信度的?这是一个问题。要知道,北京城里的人,那些制假证者和卖光碟者,生活是有污点的。这类型的小说容易流于传奇以及传说,会被认为不真实,不被读者从情感上真正接纳。但徐则臣小说从一开始就没有遇到此类小说的通常际遇,他关于制假证者生活的书写并不让人排斥。他成功地使写作者与写作对象和读者一起结成了可贵的"兄弟同盟"。他的叙事主人公是通情达理者,是有限度的旁观者。他通常是这些卖假证或卖黄碟者的亲戚或朋友。这样的情节设定一方面可以便于叙事者对故事的讲述,但另一方面它会拉近叙述者和叙述对象的距离。叙述人也会参与一部分制假卖假的活动，比如伪造评语，比如帮他们传递信息。"互助"细节支撑了这些关于卖假证者生活的可信度。换句话说，书写"底层"，叙事者没有把自己"择"出来，或者，在他那里，"底层"是不存在的，某种程度上，我们不都是"底层"？

徐则臣恰切平衡了一个作家面对制假证这一行为时的微妙立场。他的小说人物都是小奸小坏，都有着自己的底线。"不想搞得太大，夜长梦多人多嘴杂，保不齐哪个环节纰漏了，那比害眼要厉害。所以我尽量一个人就把能做好的做好，从接活儿到制作，坚持做小生意。我认为这是办假证这一行必备的美德。日进分文发不了大财，我还发不了小财么。"（《天上人间》）这很像"五十步笑百步"，但无论怎样，来自乡村的讨生活者依然愿意遵守他们的"五十步"原则。这也意味着徐则臣小说不会出现超英雄人物、超现实人物。人物的生长逻辑和结局是现实的与情理的。不夸大那些人的生存窘迫，正如他也不夸大他们那被损害以及逃遁的生活。

无论和他的叙述对象有多么亲密的关系，作家其实也都在忠直地坚守他的写作立场。说到底，那些人是敲诈者，是欺骗者，职业本身也是罪恶的。即使是小的罪恶，他依然要让他的人物承受疼痛和惩罚。不能因为土壤不好，作恶就可以被原谅。徐则臣小说的很多主人公都会离幸福之门仅有一步之遥时停止前进的脚步。如《制假证者》中的姑父,当他重新享受到性的高潮时被警察抓获;如《天上人间》中子午在和闻敬领结婚证之前一刻被杀,等等。触摸到幸福的那一瞬间遭遇不幸,但这不是普通的戏剧性,不是无缘无故的不幸,一切都基于他们先前的犯罪以及贪婪。

  清醒、节制、注重现实的逻辑,这使徐则臣的小说避免了浅薄的感伤主义。读者或许可以简单地将他笔下人物结局总结为"道德洁癖",但我更倾向于理解为作家的"守持"。尽管他可以给予这些人物更为逍遥自在的结局,以图一时之快,但作者还是最终遵从了看起来有点落伍的价值观:莫伸手,伸手必被捉;要靠干净的双手挣钱。他企图书写的是这个世道的"常理",尽管"常理"可能暂时被我们浮华的时代遗忘。

  令人赞赏的是,作为写作者,徐则臣兴趣不驳杂,他不贪求取材广泛而更属意精微。他注重写作质量而不贪求数量。他的优势在于将个人的敏感和最根本的诚实结合在一起,具体细微地落实在他的写作对象那里。写作的前十年,徐则臣的小说创作是与当代文学史上的"底层写作"潮流并行的,但没有交集。他没有一头扎进写作标签里。或许,在他看来,将理论以及理念放置于清晰明了以及具体生动的事实与人物之前是不允许的,审慎对一位作家是宝贵的,贴上标签迎合某种写作潮流容易引起关注,可是,像他的叙述人一样,他还是愿意回到自己作为书写者的本分。

人心的更深处

徐则臣的人物系列在逐渐被读者熟悉。其实他们也是很容易被"打包"或"格式化"的那群人。这些被动接受命运,被城管人员及公安人员围追堵截的人,真像我们在图片、微博里看到的那些当事人呀——他们喑哑,缄默,面无表情地展示伤口、鲜血或者死亡。他们使我们心痛,我们转发他们的图片和故事,气愤并感叹,语气中掺杂同情。我们会在他们的故事之上抒情,以显示自己的善良和悲悯。没有人能进入他们的内心。往往,他们的故事很快被更多的更吸引人眼球的新闻事件刷新。

无论怎样,作家都不能是轻逸的"转发"者。他应该进入他们内心。《轮子是圆的》有锋芒有品质。咸明亮是乡下人,他随和,随波逐流。醉酒开车撞伤了人,伤者哀求他给个痛快的死法,他也照做了,因而进了监狱。出狱后发现老婆给他戴了绿帽子,还生了孩子。愤怒、悲伤?没有。愿意离婚吗?愿意。这是典型的避祸者,像大多数生活中的中国人那样,讲究吃亏是福。他来到北京,爱好修车,他拼了一辆很酷的"野马",引起了轰动。因为有人想高价收购,胖老板便希望占为己有,老板先是说服他在转让书上签字,咸明亮拒绝了。之后他便被老板威胁,被警察盘查。小说的结尾是胖老板要去香山给老丈人过生日,咸明亮自告奋勇当司机。"野马"飞快,坐在副驾驶座位上的老板被甩出车外撞在树上死去,医院里的咸明亮头上缠着一大圈绷带,左胳膊骨折。小说结尾,朋友米笋向咸明亮小声问了一个"我们"都关心的问题:胖老板为什么没系安全带呢?

"副驾座上有安全带吗?"咸明亮艰难地说,"我可没装过。"

米笋想,难道记错了?上次他坐在副驾座上,咸明亮再三嘱咐他系上的难道不是安全带?

"他们找到那个轮子没?"咸明亮一张嘴四根肋骨就疼。

"找到了,"我们说,"滚到旁边的枯草里。放心,一点儿都没变形,还是圆的。"

不动声色,小说于此处结尾。小说写了一个倒霉的人。这个人一直是被动的,消极的,一直向外部的社会妥协,但最后,他终于以他的方式进行了反抗。"轮子是圆的"这句话一直贯串小说始终,它是隐语,也是常理。咸明亮最后对安全带的否认机智而狡猾,他由此变成了活生生的、有情感有主体的人。这也为我们进入人物的内心打开了窗口：那是一个被步步紧逼步步后退者的内心，那内心的纹理有血有肉，那内心的最深处有爱有恨。

——当此时，"城与人"在《轮子是圆的》中突然变了模样：北京不再是屹立不动的北京，人也不再只是静态地贴在墙壁上的群体标本。这是被各种人群充斥的北京城，这是生活在各种社会关系中的人，是动态的随时随地都在发生变化的人群。一个被忽视的人嘴角微微上扬了一下，眼睛中有亮光闪过。隐秘的、旁人很难觉察的变化被徐则臣捕捉并有效表达。该怎么样看待这些人呢，也许作家没有答案，但这些人的表情他曾经再熟悉不过，他开始意识到生活中有些东西看起来普通，但从不平常。《轮子是圆的》使读者意识到，生活总能提供给我们丰富的困惑以及难以察觉的情况。不能蔑视任何一颗有温度的心，不能对心灵内部那斑驳而精密的纹理视而不见。徐则臣多年来对一个特定群体的凝视、体察与持续书写使我们认识到：小说家对人心的理解有多幽深，"人与城"的世界就会有多精微，多宽广。

* * * *

阅读版本：

徐则臣：《跑步穿过中关村》，重庆出版社，2008年

徐则臣:《天上人间》,新星出版社,2009年

徐则臣:《小城市》,《收获》,2010年第6期

徐则臣:《轮子是圆的》,《花城》,2011年第1期

对日常声音的着迷

关于葛亮

"我能够准确地知道一粒纽扣掉到地上时的声响和它滚动的姿态,而且对我来说,它比死去一位总统重要得多。"余华这样说起他作为小说家的某种能力。这当然是双关之语。对细小声音的辨别与倾听是小说家的使命,但对何种声音记忆深刻并将之写在纸上、选择使用何种声音传达则是更重要的,它是一种文学价值观的确认,也是一种人生态度的传达。

读葛亮的短篇小说集《谜鸦》《七声》《浣熊》会发现,他是对声音极为敏感的作家,尤其关注陌生的、偏僻的、微弱的声音。在《七声》序言中,他将这样的声音视为"他们的声音","这样的声音,来自这世上的大多数人。它们湮没于日常，又在不经意间回响于侧畔，与我们不弃不离。这声音里，有着艰辛的内容，却也听得到祥和平静的基调。"湮没的声音、侧畔的声音，都意味着小说家对那种戏剧性的宏大声音的规避。这位"他们的声音"的寻找者，也执着于如何使用标记般的腔调去呈现这样的声音。说到底，小说家最重要的工作，就是用独属于自己的声音/腔调建造文字世界。

暗潮汹涌的日常

也许应该从《竹夫人》那篇开始说起。一位新保姆来到教授家，做事处处妥帖。而故事的另一面也慢慢掀开，她是身患痴呆症的教授做知青时的前任女友，不，她甚至为他生下了个儿子并抚养长大成人。她只是想在教授夫妇不知情的情况下来照看这个男人，了却一段心愿。整部小说的调子是安静的，叙事推进不疾不徐。但生活到底起了波澜，女人看到教授女儿带来的新男友却是自己的儿子。结尾像探照灯一样刺眼，读者不得不试图捂住眼睛，以避开那令人震惊的场景。

风平浪静的生活，谁能想到这样的现实场景？但小说是执意要在这里结尾的。只是在末端有一行字，"写于曹禺先生诞辰一百周年"。这个落款使人恍然明白,小说是与曹禺《雷雨》做一次遥相对话。因此,《竹夫人》有了另外的指向——《雷雨》中的大开大阖、冲突巧合、巨大的戏剧性在小说中消失了,故事走向发生反转。来自人性内部的冲突被人的另一部分美德替代,那是爱、宽容、理解以及奉献。但饶是如此,人依然没有逃过命定的那种相遇,小说结尾再次显示了小说家与戏剧家共同的宿命感。

《竹夫人》里有"汹涌而来的暗潮",这似乎是葛亮一直迷恋的东西。但小说家更迷恋的恐怕是"日常"二字。日常是他的关键词。有时候这日常于他是"七声",是"他们的声音",是"众声喧哗";有时候这日常于他是"过于密集的行动链条的末端,时刻等待着有一只蝴蝶,在遥远的大洋彼岸扇动翅膀";还有些时候,这日常于他则是"经年余烬,过客残留的体香",是"狭长的港口和蜿蜒无尽的海岸线"。但无论哪种,最吸引他的恐怕是传奇背后的暗淡,又或者是平淡生活里的突然暗潮涌动。

一如他的成名作《谜鸦》。那里是一对青年夫妇的日常生活,伴随着乌鸦的声音。怀孕的妻子不幸因养育乌鸦而流产,自杀。关于乌鸦的一切是那种湮没在日常的声音吗?读者或许不能确信,但是,小说的确写了风平浪静之下的暗潮涌动。因为风平,因为暗潮,小说内部有了层层波澜。

《浣熊》关于相遇或者情感。年轻女人行骗，英俊男人看起来很轻易就上当了，似乎是爱上了，但不是，那位英俊男人是卧底办案的警察。而伴随这一切发生的，则是被命名为"浣熊"的台风。也许我们的生活就是如此，以为发生了什么，然而并没有。但是，如期到来的那场台风终究是可怕的，它带来爱，也摧毁生命。《猴子》写出了另一种日常感，那只从动物园逃跑的猴子，目睹了三个人的生活，动物饲养员、小明星与富家子弟，以及蜗居在港的父女。顺着猴子的眼睛，我们看到了不同的香港，不同的世情生活。这就是香港，这是我们不了解的但却真切存在的香港世界。

以不疾不徐的方式将寻常小说中的高潮与戏剧性进行稀释，这位小说家日益在显示他的一种本领：他将那些戏剧、传奇、激烈、巧合全部融于日常之水，也许，在另一位作家那里，那些冲突和转折是最美好的，可是在这位作家那里，那些不过是大海里的浪花罢了，重要的是底色，人生因绵延、舒缓、平静、浩瀚而迷人。

一切都逃不出一位敏感小说家的听力范围：湖面上突然跃起的鲤鱼尾巴带来的水花，动物突然在草丛中跳起又消失；微风吹过树梢后樱花纷纷落下；小猫寻不到主人时突然的一声喵叫；远方深夜里穿过枕头的哭泣，以及一个声音镇定的人话语中突然闪过的那丝不安……辨别出那些金戈铁马，那些炮火隆隆，那些撕心裂肺，并不值得炫耀，辨别出细微并将其精确传达才是一位小说家的特殊才能。

在葛亮那里，人生不是偶发，不是意外事故叠加的碎片，不是戏。生活是由无数个日常的波纹组成。人生是长长的看起来没有边际，但很可能又突然遇到波涛的旅途。每一个细微都不放过。每一次心跳，每一次脸红，每一个隐隐的不安或者欲言又止，都逃不过他的眼睛。什么是葛亮的魅力？我想，是他对日常的理解以及他对生活精准的感受能力——不放过路边风景，也不放过两人相遇时微妙的悸动。耐心，认真，一丝不苟地书写普通生活，他像极了一位精心打磨手中之物的手工艺人，心无旁骛，直至笔下之物闪出光泽。说到底，这位作家深知，他描绘底色有多么耐心，生活本身的汹涌暗潮就会有多么惊心动魄。

隐没的深情

"葛亮是当代华语文学最被看好的作家之一。他出身南京，目前定居香港，却首先在台湾崭露头角，2005年以《谜鸦》赢得台湾文学界的大奖。这样的创作背景很可以说明新世代文学生态的改变。"王德威在《朱雀》序言中如此介绍这位新锐作家。南京是葛亮的创作源起。这是与他生命相关的地方，但是，在最初，葛亮似乎并没有强烈的书写出生之地的愿望。《谜鸦》出手不凡,是他的起点,但《谜鸦》并没有多少南京特色,这是放在任何大都会都可能发生的故事,无关地域,无关风土,无关一种地理美学。

但短篇小说集《七声》发生了变化。一些东西不再被忽略,那些曾经被忽略的得到了强化,比如南京风物。事实上,这部小说集是以少年毛果的视角看二十多年前的南京。另一个南京逐渐清晰起来,它与叶兆言笔下的南京不同,与苏童笔下的南京不同,与鲁敏和曹寇笔下的南京又不同。著名的秦淮古都在这部小说集里焕发了另一重模样。一生恩爱的外公外婆,温暖而又令人难忘的洪才一家,沉迷于泥人手艺的师傅……透过岁月,也透过内秀腼腆的少年毛果的眼睛,家常的、有烟火气和人间气的南京来到读者面前。离开南京的葛亮试图用另一种文字为他的家乡重塑金身。这个在南京城长大的青年,对这座古城的诚挚情感全在这些文本中了。小说家张悦然说在这些作品中读到了"隐没的深情",我深以为然。

《阿霞》是葛亮的代表作,在 2008 年"底层写作"颇为流行时,这部小说以气质斐然受到广泛关注。出身低微、耿直而又纯粹的阿霞在葛亮笔下变得鲜活。他看到那位青年女性的美德,也看到她的美好突然被世事侵蚀。作家韩少功评价这部作品时,尤其提到了葛亮的艺术感觉:"它昭示了一个人对艺术的忠诚,对任何生活律动的尊崇和敬畏,对观察、描写以及小说美学的忘我投入。从某种意义上来说,他是这个时代感觉僵死症的疗治者之一。诸多'人已经退场''个性已经消亡''创作就是复制'一类的后现代大话,都在这一位年轻小说家面前出现了动摇。"

《阿霞》的确写得好,精密,有力,也有情怀。但是,之后发表的《洪才》中可以看到葛亮之于他写作对象距离的某种调整。关于阿霞,叙述人毫无保留地表达了他的同情与理解,他愿意站在她的角度想问题,也尽一切可能去帮助她。但是,"我"和阿霞的关系让人意识到,似乎小说家并不只是从情感而更是从理智上去理解和欣赏这个女性。因而,读这部小说,你会想到"五四"新文学以来的启蒙主义视角和深切的人文关怀。《洪才》更自然。少年毛果身上固然有知识分子家庭出身的优越感,但却是坦然客观,诚实真挚,你既可以看到毛果妈妈身上的读书人气息,也可以看到洪才阿婆的朴素和热情,这使得毛果和洪才一家的相处令人信服令人难忘。

许多人注意到从《谜鸦》到《七声》葛亮写作的变化。"以葛亮的两本小说相较,《谜鸦》比较自觉地当小说来经营,写人性与爱恨的惊涛骇浪,结构与段落上非常节制。《七声》则没有真正的大时代或大背景,仅仅是断瓦残垣中的寻常忆念,因此身段柔软得多,文字也多了家常絮叨的亲切感。"张瑞芬在评论《七声》时如是说。的确如此,几年来,小说家一直在保持不断的上升势头,2013年出版的《七声》是葛亮近几年极具水准的代表作。这里的每一部作品都令人难以忘记。

一如《退潮》。一个丧夫独居的中年女性,看到年轻的小偷脸红了,因为他很像她的儿子。这个年轻人也唤起了她内心的隐秘,因此,她并没有提高警惕,甚至为他打开了房门。她被强暴,但其中也有快乐。一切结束了。"一缕光照射进来,这是曙光了。屋里一片狼藉,手袋里的东西散乱在她脚边,似鲜艳的五脏六腑。她耸了一下身子。她动弹不得,双手紧紧地绞在一起,像一棵受难的树。"这个女人的软弱、惶恐和善良如此真实,生活的荒芜和荒诞也是实实在在的。就是在这种普通人那里,在那种最普通的生活中,时时有暗潮涌来。这是宿命吧?你无法解释。你仿佛触到生活的内核,像是谜。叙述人的声音是重要的,他贴在了人物身上。对于他的人物,不是爱,而是理解,是同情的理解,是设身处地。

如何与笔下人物相处是小说家的能力,那种相处也包括人和自我的相处,人与城市的相处。《七声》之所以令人难忘在于南京是"我"的城,是深入"我"的血液的城;当然,在《浣熊》里,香港也不再只是别人的城,它变成了"我"的城。这是重要的转变。葛亮何以能写出属于他的香港,我想,应该是他融入了他的城市,正视并接纳自己的外来者身份。《浣熊》里，葛亮写的是一个既疏离又了解的香港，那位以为遇到良人却没想到是警察的女子，那位用自己肉身器官换街女自由身的香港青年，那位性爱中得到欢乐后又被捆绑的中年妇人……人生中总有那么一刻使日常不再仅仅是日常。记下那日常的点滴，记下那些灰尘那些细密，记下那些空荡那些怅惘，也记下那些痛楚、无奈和坐立不安，葛亮写出了香港传奇背后的平淡，繁华背后的素朴。

读《浣熊》，我想到许鞍华的电影《桃姐》，影片之魅力在于拍出了大都会里人与人之间的亲切、温暖，以及跨越阶层身份的"情深意长"。那是作为香港本地人的许鞍华镜头下的香港。葛亮比许鞍华更冷静和克制。他并未回避自己的移居者身份，这反而给他的观看带来了某种宝贵的疏离感。也因此，这位小说家不仅仅看到了人们凡俗的日常生活，还看到了漫长的海岸线和暗潮不断的波浪——葛亮书写了香港日常中的细小波痕，以及隐没于内的残酷和凄清，他写的是令一般内地读者陌生的香港。

小说的腔调就是意义

语言是重要的流通方式，是承载小说内容的重要器物。如何使用语言使之具有普适性，如何保有城市特点而尽可能不使用方言，是重要的。张爱玲是个典范，她写香港或上海，能抓到城市的神魂，也并不使用上海或香港的方言。

　　仔细想来，葛亮能受到海峡两岸共同瞩目与认可，获得联合文学小说奖首奖、中国小说排行榜、香港艺术发展奖以及《亚洲周刊》全球华文十大小说等诸多奖项，与他行文中的某种独特质素有关。那不是大陆的标准普通话，也不是台湾或香港的"国语"式表达，是与民国表述颇有渊源的"腔调"，这种腔调使他的作品具有了某种"通用性"。

　　腔调的习得受益于家世。从他的访问资料可以看到，陈独秀是他的太舅公，他的祖父是葛康俞，一位民国时代的著名画家。而从创作谈里也可以看出，他喜欢读张爱玲沈从文，着迷于他们的语言表述。这一切因素合在一起，便注定这位小说家将与那种"民国腔"有缘。不过，这种"民国腔"有时候也会限制他，偶尔，他会因过于追求腔调而失之准确，但是，大多数时候，他都能准确地找到那种可以代表城市灵魂的东西。比如《洪才》中关于"青头"的表述；比如在《浣熊》中，他以猴子的眼睛看香港，但却没有倚重香港腔调。

　　葛亮和张悦然的对话中，语言成为两位小说家讨论最多的话题。"我的生活经历的确会对语言造成影响。我希望这影响是正面的，在我现有的语言格局上，会增添一些新的内容，一些鲜活的东西。粤语中保存了许多中古音，在语言表意的角度上，它有信达而精简的一面。我希望能对这种语言的优势有所吸收。"葛亮说。他意识到地域可能对他产生的影响，也意识到摆在他面前的问题是如何摆脱地域影响。"好的作家，会很自觉地将语言乃至语境'翻译'过来。沈从文先生的作品，关乎湘西，湘文化的特色是一定的，但我们没有任何进入他作品的困难。他的学生汪曾祺先生也是一样，明白如话，却并不以牺牲地域性为代价。"但，重要的是要有自己的标记，"语言实际决定了读者对作者的最初认同。无论是海明威还是福克纳，他们永远都有标记般的语言，形成了一种腔调，这是他们的迷人之处"。

某种意义上，那种对"民国腔"的寻找使葛亮绕过了共和国文学的标准式表达，而与民国时代的文学气息相接。他文字中的温和，耐心，对人情的体恤，对日常的认识，对时间的理解等无不与民国时代的文学传统相接。当然，"民国腔"也不仅仅是一种声音和表达，还是对一种美学的继承。王德威说，由葛亮的《谜鸦》他想到了施蛰存，的确，都市感有相似之处。但葛亮更多时候还是会让人想到张爱玲，尤其是他对日常的理解。不过，他到底是与张爱玲不同的，他的色调比张爱玲更亮一些,他更喜欢在日常中借用一束光或者一双动物的眼睛,这使日常的一切变得诡异、莫测、荒诞。

我对《琴瑟》那篇作品念念不忘。它收入短篇集《七声》中,关于一生恩爱的外公外婆的晚年生活。外婆被糖尿病诱发的腿痛折磨,深夜难耐,却又不敢出声。外公就把手给她,但老人终是忍不住了,"老头子,我真是疼啊。"她说。外公安抚着她,后来,给她唱《三家店》。"娘想儿来泪双流。眼见得红日坠落在西山后……"天已经发白了,外婆终于睡着。少年毛果看到了这一幕,每个声音,每个响动以及已是风烛残年的外公眼角的"水迹",都在他眼里,心里。小说结尾是外公外婆的金婚庆祝,众声喧哗。外公"又对外婆唱道,我这张旧船票,能否登上你的客船?众人就笑,外婆也笑,笑着笑着,她忽然一回首,是泪流下来了"。再日常不过的言语中,有着难以言喻的深情。如果你能想到世间那些在疾病疼痛中苦苦挣扎的众生,如果你能想到世间有情人免不了大限分离的运命,便能理解这小说了。

——对于一位写作者而言,没有比听到日常生活中的细微快乐、深夜里的哭泣辗转、孤独人的内心独白更幸运的,也没有什么比以平静深情的方式写下世间的众声喧哗、五味杂陈更有魅力的工作。想来,写下那一刻的作家和读到那一刻的读者,都该是有福的。

*   *   *   *

阅读版本:

葛亮:《朱雀》,作家出版社,2010 年

葛亮:《七声》,作家出版社,2011 年

葛亮:《浣熊》,南京大学出版社,2013 年

卑微的人如何免于恐惧

关于路内

一

青春很漫长,像冬日小城里百无聊赖的夜晚,也像蝉鸣不断的盛夏阳光,刺眼,嚣张,让人忍无可忍——少年时代,总觉得永远不怕挥霍的是时光,以及与这时光伴随的过盛精力。可是,这些曾经最不值得夸耀的东西突然便消失了。重现只是在记忆中——漫长的青春在我们的脑海里开始定格。它们变成另一种模样——绵远悠长得怎么咀嚼也咀嚼不完,所有发生在青春的时光,十八岁或者二十岁的那些故事,逐渐变得清冽、优美,值得珍藏。

读《少年巴比伦》《追随她的旅程》会发现,路内的小说其实一点也不特别。他们会让你想到我们书架上排列的种种与青春有关的记忆,《麦田守望者》《挪威的森林》,以及由王朔小说改编的那部著名电影《阳光灿烂的日子》。我列举的当然只是一部分,事实上还有很多关于青春的艺术作品,不分时代也不分国度地充溢我们的阅读经验。

但是,读路内小说还是会被触动,它是别种的新鲜,是亲切。这种亲切我无从表达和细致描摹。或许是同龄人的缘故?我不知道,但正是这种亲切使我在一个冬天的下午静静地读完。路内的小说语言干净,没有汤汤水水,它有内容,简洁、澄明,有力量感。最重要的是节制。这种节制首先指语言,不矫情,不夸张,你能感觉到他在寻找准确而有节奏的对读者的"一击即中"。

写青春回忆体小说,很不容易节制。谁让我们不再青春了呢,谁让我们的青春变成了记忆,可以随时随地调出来渲染呢?所以,在我的阅读经验中,会看到很多充满了口水的回忆,这令你想到那滔滔不绝的"侃爷",也有很多小说充满着眼泪以及对书写从身体隐秘部位流出来的液体的热衷。当然,也有人喜欢床,带蕾丝边的睡衣,歇斯底里,以及对体位、做爱细节的热衷——性在青春时代意味着叛逆而被许多书写者迷恋。还有很多青春被隐匿地得意扬扬地书写,当叙述人在讲述往事时,他/她喜欢突出当年自己的"苦难"

与"疼痛",因为今日与往昔的互相参照可以让讲述者获得心理上的补偿。

路内小说不耽溺。节制使路内小说有了说服力。戴城。戴城里技校的生活,以及糖精厂的日常。在工厂里成长起来的青年尽最大努力地讲述着"我们",以及和我们同龄人共同经历的那个90年代,慌乱、不安,生命中有鲜血和离奇的死亡,也有着说不再见却突然面对面的境况。很庆幸,节制使路内小说的工厂生活叙述没有变成当下文坛标签特别耀眼的"底层叙事",其实他的小说某种程度上就是一部有"工人阶级"的成长史。这使小说的内在视角更有宽度,也使我们对往日生活的理解获得了某种程度的确认。路内小说的内敛、克制以及某种隐隐的自嘲,使我们对叙述人的"诚实品质"不得不相信。

像很多青春小说中永远都会有少女出现一样,路内小说也出现了许多迷人而青春的女孩子,她们亲切如邻家少女。这是路内小说特有的风景。当叙述人讲述她们,讲述她们身上发生的故事,讲述路小路与她们之间或清淡或心动的相识时,我注意到他语气中的"温柔"。这不夸张的"温柔"气息令人印象深刻。你知道,在许多的青春小说中,少女们因为美丽和别种性感而毫无例外地变为"被窥探"和"被消费",一个成年男子常常喜欢在回忆体小说中夸张自己的性经验、夸大少女与自己的情感波折,进而确认自己作为男人的强大。这会让读者觉得荒诞,即使她不是女性主义者,也会在内心对这种"夸张"表示不屑。相比而言,路内小说有透彻和自省,那是对那种迷恋身体讲述的青春小说的反动。

这一切使路内的青春讲述具有了强大的说服力——他笔下的那个自卑而强大的少年,内心既温柔又硬朗,既叛逆又忠直——在这个少年的成长史中,有 90 年代特有的社会的波动与不安,也有着 70 后一代人特有的心路与情路轨迹。

在《少年巴比伦》的后记中,路内说:"小说都是谎言,谎话的背后往往是些上不得台面的东西,作者个人的神经症,故事的可疑,写作的多重目的性,大抵如此。"他说得对。所以,当我阅读路内的这两部与青春有关的小说,并写下自己的感受时,我对自己的沉迷与偏爱做了辨析:大约我们都出生于 70 年代,大约我也有过小城生活的经历,大约我现在也不再生活在小城?我想是的。十年之后,路内的创作之路是怎样的,他会写出什么样的作品?或者,如果路内有机会重写他的青春,他会不会换一个口吻和记忆的装置,而我又会不会再次表示认同?我不知道。也许会,也许不会。这要看作家和读者日后的生活轨迹,作者/读者当时生活的语境和心境吧。有句名言说"一切历史都是当代史",我帮它改造一下,一切回忆都是被当下心情观照的历史。

二

真庆幸，路内根本没有让他的读者等十年。2015年，他写出了《慈悲》。不得不说，这是出乎意料的、带给人很大震惊感的作品。——当我们还习惯性地认为这位写出《少年巴比伦》《追随她的旅程》等长篇小说的作者将在残酷青春写作道路上一路飞奔时，路内写出了《慈悲》。《慈悲》刻下了那位叫水生的工人，他一经出现就像闪电一样耀眼，迅速裹挟起读者内心的情感风暴。

尽管读者并没有水生的遭际，但却能与他建立一种神奇的情感共同体。比如，关于那种来自记忆深处的恐惧。"这时有一个饿疯了的人，从旁边走了过来，他嘴里叼着根一尺长的骨头，骨头上已经没有肉了，骨头就像一根剥了皮的枯树枝，惨白惨白。疯了的人站在水生身边，向着水生的爸爸挥手。水生骇然地看着他。水生的爸爸就远远地喊道：'水生，走过去，不要看他。'"这一场景是水生的创伤性记忆，也是整部小说挥之不去的阴影。那个疯癫的人是不祥的，他是水生的同类，同时也是吞蚀骨头的人。他意味着坏运气，人性的黑暗和深渊。像许多人一样，水生的一生注定要遇到这些。

有毒的气体是水生一生中无处不在的恐惧。这是苯酚,也是苯酚车间工人必须呼吸的气体,很多工人在退休后有可能得癌症死去。当然,苯酚车间的工人们也因此获得劳保,享受国家制度给予工人阶级的补偿。申请补助是小说的核心情节,也是深有意味的线索。几十年来,工人们向国家申请补助,靠国家和政府的"慈悲"渡过难关。由此,读者意识到,"慈悲"在车间里的特定含义很可能是"补偿",它来自国家的体恤。但这种体恤通过层层关卡几乎无存,只有干巴巴的金钱,而没有了情感。《慈悲》寻找到了讲述工人与工厂、工人与国家之间复杂关系的方法,它擦亮了"慈悲"的政治性含义。

《慈悲》深刻写出了那些工人受损害的一面。那不是展示伤痕式的写作,小说没有渲染,没有感伤,只有行动和叙述,从而,《慈悲》中将那种气体伤害变成了人的生存本身,生活本身。想想看吧,水生的一生充满了恐惧,他要尽可能躲避厄运。生活无数次伸出利爪试图把他拉进泥潭,这些泥泞完全可以把一个人一点点吞掉,完全可以把这个人变成"滚刀肉""混不吝"。如果水生不自我挣扎,会变成一个凶狠的人、自私的人,一个削尖脑袋向上爬的人,一个把别人踩在脚下的人。但水生没有。

水生与根生都是师傅的徒弟,后者似乎可以看作是前者的一体两面。根生的日子是一直下坠的,他对玉生说:"人活着,总是想翻本的，一千一万，一厘一毫。我这辈子落在了一个井里，其实是翻不过来的，应该像你说的一样，细水长流，混混日子。可惜人总是会对将来抱有希望，哪怕是老了，瘸了。"根生对生命是如此留恋。小说中不止一次写到臭味，厕所的臭味。也写到根生从汪兴妹——那位住在厕所旁的女人——那里获得的安慰。那是卑微者对身体欲望的渴求，是他们微末生存的光。没有比在厕所旁和臭味中生存更恶劣的了，有人因此变得越来越坏越来越狠，也有人因私情暴露无处躲藏。根生被殴打入狱，汪兴妹不明死亡。归来后，根生多么渴望重新开始生活，可是，他依然没有逃得过坏运气。"根生高高地挂在房梁上，已经吊死了。他衣角和鞋尖的雨水正在往下滴落。"

看到个人在历史中的位置、历史的节点，意识到命运的无常；意识到某些重大问题就潜在人物的命运里，意识到无论时代多么强大，人都要活得比他的时代更久长——路内把他对世界的理解和认识全部落实在人物的具体环境里，落实在每个人物身上。小说中水生与妻子玉生之间的情感最为平凡朴素，但也别有深情。

夫妻俩并不欺负他人，但也不逆来顺受。他们收养唇腭裂孩子复生的段落夺人心魄："屋子里很静，一盏八瓦灯头挂在饭桌上方，昏黄暗淡，仿佛还是和从前那些年一样，但他们心里知道，这间屋子里从此多了一个小孩。小孩会哭会闹，会说会跑，会长大。"他们的生活贫苦而有爱，他们身上有人之为人的光泽。正是在这种环境中长大，健壮的复生让人心生美好。"只见复生穿玫红色汗衫的身影在远处的山路上，弯弯曲曲，跑得像一头母鹿。"这里有生命的气息，也有水生最终成为水生的秘密。

是的，"施"与"受"在《慈悲》中是相互的，水生最终成为和师傅一样的人，帮助他人领取补助的人。他逐渐有了他的硬骨头。一如师傅向领导为他人讨要补助，哪怕下跪也是有尊严的。因为那不是向发补助者低头，那是争夺工人应得的权利。一个人如何使自己免于恐惧？《慈悲》中，水生借助的是爱。是师徒爱、兄弟爱、夫妻爱和父女爱……水生固然是给予者，他给予他人情感，但也收获他人的情感。这位仁义、仗义、清醒、有自嘲能力的普通人，不是《活着》中的福贵，他比福贵更有主体性；他也不是许三观，他的人际世界远比许三观复杂。当然，他终究是和他们同类的人，那种平凡生活中有魅力的人，平民中有英雄气的人。与意志和情怀有关的光照亮了水生和他所生存的环境，照亮了当代文学在表现工厂生活时所留下的空白。

回忆一下《乔厂长上任记》里的主人公吧，乔厂长是雄心勃勃的人，是改革的年代的弄潮儿；《大厂》中的吕建国，是改制时代的管理者，他有他的迷茫和苦楚。这些曾成为文学史焦点的作品，都是写作者们处在工厂当家人视角所写,他们写出了作为管理者的抱负、为难、承担。《慈悲》与之相对——《慈悲》写的是作为工人阶层、作为被管理者的日常生活。路内把我们拉回到有毒车间里,拉回到工人们的日常生活中,拉回到工人们破旧的饭桌前。他让我们和工人在一起,看工厂几十年来的改革,看"关停并转",看领导们一茬茬"风水轮流转",也体会工人们如何为了活下去而苦苦挣扎。

将《乔厂长上任记》《大厂》《慈悲》放置在一起,会看到不同代际作家之间关于工厂生活的对话,那是写作者不同立场和价值观的一次卓有意味的交锋。由《慈悲》提供的视点往回看,才会看到中国文学如何与中国工厂的光荣与衰落同步,会看到中国文学如何在字里行间写下工厂的体面、欢乐、没落与灰暗。《慈悲》里既有个人史,也有公共史。《慈悲》呈现了五十年中国工人的际遇。

必须要提到《慈悲》的语言,它简洁、有力、不拖泥带水,也绝没有感伤气。这与并不枝蔓的、有硬度的小说内容正好相得益彰。阅读过程中,读者会深刻意识到,从《少年巴比伦》到《慈悲》,那个青春的、躁动的叙述人慢慢没有了毛躁气。他开始自我设限,开始了有难度的写作。相对而言,写青春是容易的,忠实记忆即可。而《慈悲》的困难在于如何理解一个人的付出和得到,如何理解一代人的失去和痛楚，理解他们的奉献和被剥夺。因为和他的人物在一起，路内站在了工厂内部，不是作为青年人，而是作为历经沧桑的成年人。他变得温和、宽容、仁爱。由此，读者意识到，这是位有情义的、对时代有所思考的写作者。

三

一个小说家如何与世界相处？托尔斯泰说："要学会使你自己和人们血肉相连、情同手足。我甚至还要加上一句：使你自己成为他们不可缺少的人物。但是，不要用头脑来同情——因为这很容易做到——而是要出自内心，要怀着对他们的热爱来同情。"怀着内心的热爱去同情，这是更广大意义上的理解，而《慈悲》中，路内对师傅、水生、根生，都有类似情感。借助这样的情感，小说家一个猛子扎到了我们所未知的历史海洋内部，他迅速而强有力地抓到了那些被公众忽视但又非常重要的部分。

就当代文学史而言，路内贡献了一部忠实记录此时此刻的作品，那里有五十年来中国工人的生活史；同时，这也是能超越此时此刻的作品：他写下的是一个人如何面对他的苦和难，如何以慈悲之心宽待那样的苦和难。这是《慈悲》最弥足宝贵之处。以《慈悲》开始，路内撕下了自己身上"残酷青春写作"的标签,他以令人惊讶的克制和简笔创作了他写作生涯中具有里程碑意义的作品,他也以此向读者有力地证明了属于新一代写作者的文学尊严。

* * * *

阅读版本:

路内:《少年巴比伦》,重庆出版社,2008年

路内:《追随她的旅程》,中信出版社,2009年

路内:《慈悲》,人民文学出版社,2015年

和无穷的远方，无数的人们在一起

关于李修文

一

李修文是"多情者"。这多情在《滴泪痣》中显现得极为明显，难怪很多读者会感动。不过，我读的时候倒也有别的感受——偶尔想抽离出来透口气。你知道，这篇与青春有关的爱情小说情感太浓烈了。但是，我最终还是被带进去了，尤其是读到中间，突然紧绷的情绪就释放下来——那么好吧，好吧，就感动一次，青春一回，就"纯粹"一次吧。

明明不喜欢青春伤怀小说，为什么最终选择相信，明明知道这是一个青春爱情物语，为什么依然觉得值得阅读？因为品质。因为小说的故事走向有智商，故事的内核有重量，并不苍白轻逸，重要的是，它有文学品质，你能感觉到李修文曾经为写作扎过的那些"马步"。这也意味着小说家的敬业：即使他知道自己在写畅销的爱情小说，他也要写到某个"份儿"上。我的意思是，李修文借助于《滴泪痣》和《捆绑上天堂》做了一次自证：他可以不走言情小说或青春小说读物的路，但如果他愿意，他依然可以做得好。

读《滴泪痣》时，我有一个深刻的"错觉"是李修文应该很会写情书，或者有擅写情书的潜质——这小说分明是写给他的日本岁月以及青春爱情的信笺。"情书"二字不过是比喻罢了，要知道，这是高质量的"情书"：词语饱蘸情感的汁水，由此搭建而成的句子变得有生命力，可以站起来，可以呼吸，可以有表情，可以有血有肉、有光泽和弹性、有速度和节奏。读着这样的句子，你没有理由不认为小说作者先天营养良好，后天也修炼得不错，唯其如此，他的文字才显得那么生机盎然，根本无需浮华的夸饰，更无需寡淡的口水来充数。当然，读这样的句子，你也会了解这位小说家是如何自我设限和追求完美的，也便明白这个人到目前为何越写越少——或者他遇到了障碍跨不过去，或者他不满足于不断地重复所以便惜墨如金。这是少有的有肉身的文字，那么，读《滴泪痣》，即使你明知要被一位写作高手"煽情"，流泪大约也并不可耻。

　　但，那种小说类型并不是我喜欢的，这是属于我个人阅读的偏见，毫无道理。我喜欢的是李修文文字中的另一种东西。也许应该叫情怀。在我眼里，李修文是有情怀的人。我喜欢他写的散落在各个报刊的那些随笔——它们随性，没有架势，有情有义，有体恤，便也更丰饶。

　　一篇是《每次醒来，你都不在》。一个叫老路的中年男人，常在墙壁上涂写"每次醒来，你都不在"。男人失婚，失业，像我们在路上常常遇到的那些个中年男一样，面容模糊灰扑扑。老路朝他借书，约他一起去寺庙里烧香，喝酒酣处，他夸老路这八个字写得好——因为我们每个人都想当然认为这八个字包含的是男人对女人的爱与留恋。可是，我们错了。"老路不说话，他开始沉默，酒过三巡，他号啕大哭，说那八个字是写给他儿子的。彼时彼刻，谁能听明白一个中年男人的哭声？让我套用里尔克的话：如果他叫喊，谁能从天使的序列中听见他？那时候，天上如天使，地上如我，全都不知道，老路的儿子，被前妻带到成都，出了车祸，死了。"这便是我眼中李修文的令人惊艳处了：他把世间那如蚁子一样生死的草民的情感与尊严写到浓烈而令人神伤——他的笔力之魅，是使渺小的人成为人而不是众生，他使凡俗之人成为个体而不是含混的大众,这样的作家,内心是丰富的、湿润的,有宝藏的,你,忘记不掉的。

还有《哀恸之歌》。2008年5月20日至28日,作家去了遭遇地震的甘肃武都、文县。山崩地裂余震袭来,他在灾难现场。那是父母双亡与哥哥相依为命的妹妹,她不断地跑到村口寻找哥哥。"(她)抽出被攥住的手,发足便往前奔跑,没有人知道她会跑向哪里,但是人人都知道,无论她跑到哪里,她从现在开始要度过的,注定又是无望的一日。"那是条失去主人的瘦弱的老狗,"有人追随着它,看看它究竟将这些彩条布送到了哪里,最后的结果,是还没走出两里地便不再往前走了——它不过是将它们送往了主人的墓上,风吹过来,花花绿绿的彩条布散落得遍地都是。"那是位沉默寡言的父亲,"大概是有人劝他想开些,实在想不开的话,便要学会忘记,一年忘不掉,来年再接着忘,女儿十六岁,那就忘记她十六年。这时候,他突然满脸都是泪,扯开嗓子问:'怎么忘得掉?怎么忘得掉?一千个十六年也忘不掉!'"

这不是匆匆过路者留下的"报告文学",这是在此地者以情同此心的方式书写的绝望、疼痛、软弱以及大荒凉,这文字有属于人的惶恐、无奈,其中又潜藏着多情者的温暖体温——所有的情感在此间都是及物的:"在这连烛火也甚为缺少的地方,天色黑定之前,眼前最后的一丝夺目,是一座新坟上被雨水淋湿的纸幡。突然之间,我悲不能禁:死去的人不是我的亲人,我却是和他的亲人们站在一起,那些停留在书本上的词句,譬如'今夜扁舟来诀汝,人生从此各西东',譬如'相思坟上种红豆,豆熟打坟知不知',全都变作最真实的境地降临在了我们眼前,无论我们多么哀恸,多么惊恐,夜幕般漆黑的事实却是再也无法更改:有一种损毁,注定无法得到偿报,它将永远停留在它遭到损毁的地方。"

还有那来自多情者内心最深处的柔软和希望:"好在是,我身边的小女孩已经在祖父的怀抱里入睡。许多年后,她会穿林过河,去往那些花团锦簇的地方,只是,定然不要忘记田埂上的此时此地,此时是钟表全无用处的时间,此地是公鸡都只能在稻田里过夜的地方,如果在天有灵,它定会听见田野上惊魂未定的呼告:诸神保佑,许我背靠一座不再摇晃的山岩;如果有可能,再许我风止雨歇,六畜安静;许我种瓜得瓜,种豆得豆。"(《哀恸之歌》)

二

十多年来,李修文的散文作品《每夜醒来,你都不在》《羞于说话之时》《把信写给艾米莉》《长安陌上无穷树》在网络上广为流传，收获赞美无数。2017年出版的《山河袈裟》是他的第一部散文集，收录了他的重要散文作品，当然，其中百分之八十的文字是第一次与读者见面。

李修文是对世界怀有深情爱意的写作者，这三十三篇情感浓烈、动人心魄的散文是他写给万丈红尘的信笺，也是他写给茫茫人世的情书。一篇篇"信笺"读来，每一位读者都会辗转反侧，心意难平——李修文的语言典雅、凝练，有着迷人的节奏感，而他所写的内容又是如此富有冲击力。这位作家有如人性世界的拾荒人，他把我们忽略的、熟视无睹的人事一点点拾到他的文字里，炼成了属于他的金光闪闪的东西。

《山河袈裟》中每一篇写的都是微末平凡的普通人，他们是门卫和小贩，是修雨伞的和贩牛的，是快递员和清洁工；是疯癫的妻子、母亲，是失魂落魄的父亲与丈夫。谁能忘记老路呢？那位内心里有巨大创伤的中年男人，他的"每夜醒来，你都不在"并不是写给爱人，而是写给因车祸而死的儿子；还有那位儿子患病、丈夫离世的中年女人，她一心想砍掉医院的海棠树，因为那里有厄运的影子，她的痛苦无以解脱，只有以哭号反抗。

这些人平凡、卑微，但又让人难以忘记。他们是贫穷的人、失意的人、无助的人，但也是不认命的人，是心里有光的人。《山河袈裟》

写下的不是人普通意义上的痛苦，不是展览这些人身上的伤痕；作家写的是人的精神困窘与疑难，以及人们面对这些困窘与疑难所做出的苦苦挣扎。他们身上的某种神性的东西被李修文点燃。即使身患绝症，岳老师也要在病房里敦促同样生病的小病友读诗，孩子总也记不住。但就在他们分离的一瞬，孩子背出了那句诗："长安陌上无穷树，唯有垂杨管别离。"穿越千年而来的诗句，让人内心酸楚。那是活生生的人间别离，却也是在生死大限面前的深情不已。在《山河袈裟》里，最卑微的人身上也有人的教养和尊严，那是一种"人生绝不应该向此时此地举手投降"的信念，因为，"在这世上走过一遭，反抗，唯有反抗二字，才能匹配最后时刻的尊严"。

也许，在另一些人看来，这个世界是残酷而无情的，但是，李修文着意使我们感受到这残酷无情之外的"有情"。在《阿哥们是孽障的人》《郎对花，姐对花》中，在《长安陌上无穷树》《认命的夜晚》《苦水菩萨》中……他把世间百姓的情感与尊严写到浓烈而令人神伤。这些人，他们远在长春、青海、黄河岸边，乌苏里或呼伦贝尔，但是，他们又真切地来到我们眼前。他爱他笔下的人物，苦他们所苦，喜他们所喜，痛他们所痛。读《山河袈裟》，你不得不想到文学史上的那些前辈，那些和李修文有共同美学追求的人，苏曼殊、郁达夫、萧红，他与他们是同类。每一位《山河袈裟》的读者也都会被作家的诚恳、坦荡、忠直打动,你从他的文字里看不到敷衍、轻浮和轻慢。也因此,作为读者,我们信任他的每一个字,每一个词,每一句话,我们心甘情愿和他结成坚固的情感同盟。

在写下这些文字之前,李修文对一些写作上的重要问题有过反复思考。比如"我是谁""我来自哪里""我要为谁写作"。他最后选择"滴血认亲",选择"回到人民,回到美"。他重新认识谁是他的亲人和同类。他发现,他们从来不是别人,他们就是"我"。这让人想到新文学的文脉,"人的文学"的传统,当年,发动白话文运动的先辈们希冀我们的文学能和"引车卖浆者"在一起,希望我们的文学能发出平民的、大众的、有血气的声音。一百年来,这样的声音不断回响,直到再次回荡在这本书里。在《山河袈裟》中,我们又惊喜地触摸到了中国新文学的初心。

什么是好的写作者呢?他有能力使读者看到看不到的,他有能力带领读者穿林过海、翻越山峰,他有能力唤醒我们新的感受力。新的感受力对每一位读者、每一位写作者如此重要,我们以为世界是这样的,我们以为人生不过就是我们看到的,我们以为世事也不过就是这些……但是,好作品会唤醒我们。《山河袈裟》中的每一篇文字都有唤醒的力量——原来世界不是我们所想象,原来我们生命有如此多"要紧处",原来我们的世界有这样的大热爱、大悲喜、大庄重。某种意义上,《山河袈裟》是我们重新理解这个世界的依凭,通过阅读它,我们重新理解此时、此地、此刻,重新理解人心、人性和人情。

画家徐冰在《给年轻艺术家的信》中说:"我认为艺术最有价值的部分,是通过作品向社会提示了一种有价值的思维方式以及被连带出来的新的艺术表达法。"他又说:"好的艺术家是思想型的人,又是善于将思想转化为艺术语言的人。"对作为文学艺术的散文作品也应该如此判断。读《山河袈裟》,我们固然会为普通人的际遇及情感而动容,但更为作家独具品质的文字打动。

李修文的文字里有大热烈和大荒凉,那是一种参差交错之美,轻盈的与厚重的,浓艳的与孤绝的,凄美的与壮烈的,会同时出现在他的文字里,这似乎得益于他的小说家与编剧身份。他的文字一咏三叹、百转千回,"如万马军中举头望月,如青冰上开牡丹。"(李敬泽语)这是李修文散文卓尔不群之处,恐怕也是《山河袈裟》被视为当代散文写作之丰美收获的原因所在。

读《山河袈裟》,我多次想到鲁迅先生的话:"无穷的远方,无数的人们,都和我有关。"那是一位好作家应该拥有的情怀,也是好作品所要达到的境界。在《山河袈裟》里,李修文实现了和"无穷的远方,无数的人们"在一起的愿望,他以深情而不凡的书写获得了我们时代读者的审美信任。今天，有这样追求的作家和作品珍稀而宝贵。

* * * *

阅读版本：

李修文：《滴泪痣》，中国青年出版社，2002年

李修文：《山河袈裟》，湖南文艺出版社，2017年

不规矩的叙述人

关于鲁敏

鲁敏的小说《取景器》里有位女摄影师，她关注的主题与众不同：井，屋檐，背影，面孔，畸形人，野猫，菜场。独特"取景手法"使其拥有了重新解释和命名世界的权力，她给出的解释是："我需要一下子发现拍摄对象与众不同的东西，那隐藏着的缺陷、那克制着的情绪、那屏蔽着的阴影部分！"读到这里，作为读者的我不得不停下来——这固然是摄影家的思量，但是否也是小说家的自况？

鲁敏的选材别具一格：身在其中的家庭生活，机关单位，邮差，播音员，大夫，大龄女青年。尤其有两处风景不断地复现：一个是遥远的、迷离的、具有传奇意味的乡土世界"东坝"——随着《思无邪》《离歌》《风月剪》《纸醉》《燕子笺》的问世，东坝迅速构成了鲁敏具有标志意义的纸上乡原。另一处则是都市人身上微小的疾患与怪癖。很多人物都出现了某种"暗疾"：窥视欲，皮肤病，莫名其妙的眩晕，呕吐，说谎，伪装成他人。人物于暗疾处脱轨，于暗疾处渴望重生。鲁敏是那么热衷于对暗疾"显微"的书写——"这是她唯一的途径吧，通过取景器，她引发爱情，引发事件，引发离别"（《取景器》）。

鲁敏比她笔下的摄影师更敏感："突兀响起的电话铃，街道上横流的污水，等等，昏睡的意识被激活了，那滞重的皱褶里突然间泥沙泛起，乃至惊涛拍岸，不知羞耻的热泪猛然间当街夺眶而出：宿命的亡故、他人的创伤、亲爱者的泪……"她更强大和更富有情趣，作为叙述人，她常常会跳到故事里叹息，煞有介事地和读者一起讨论人物的命运走向，"边叙述边议论"使她的作品蒙上"温柔的反讽"的调子。

她的小说常让人感觉是暧昧的光晕的存在，是那种"可能"与"不可能"并置——小说的某个场景的逼真令你感到结结实实的撞击，但有时候你又被一种"不可能"的想法拽住，觉得她的人物脱轨得未免太猛烈了。当你意识到，她漫不经心地对诸多生活细屑的搜集使小说的许多场景充满诱惑力时，沉浸其中的你又分明听到了叙述人那兴致盎然和并不缺少幽默的解说，这使小说多了很多分岔，摆明了是虚构……一切就成了景中之景，画外之画。可能你会觉得鲁敏小说太没有章法了，不过，不也正因如此，才有了她叙事中所独有的繁复、缠绕、纠结以及调动读者热情的兴致勃勃？

暗疾无处不在

暗疾首先指的是一种生理意义上的疾病，比如《暗疾》中的一家人：大龄女青年梅小梅，生活在城市的边缘，她爱去高级商场刷卡买高档服装，隔天便去退货——这会让她得到高人一等的快感；她的父亲一紧张就呕吐，"总是最不该呕吐的时候突然发作"；长期便秘的姨婆，与人分享大便次数，她严肃地向来客询问大便情况，即使是在餐桌上。还比如《羽毛》中的郝音："真要说郝音有什么缺点，这能算一条：她身体不佳，总会毫无征兆地这里那里不舒服，这不算大毛病，但会导致我们的聚会草草收场，留下吃了一半的东西以及戛然而止的心境，可是，又得承认，这扫兴的局面，仍有种艺术化的效果，意犹未尽般地……"这小说中的女儿也受到了感染，"搔痒开始分布到腰上，而脖子与四肢上的则越抓越厚，并变得苔藓似的一块一块"。暗疾是不是生活压力给予身体的神经质反应呢？当所有人的暗疾以一种精微又放大的姿态出现时，你看到了这些人生活的庸常、他们内心中对这种庸常的不满和来自其身体的潜在反抗。

《致邮差的情书》中小资女人M突然想给邮递员罗林写封情书，她觉得自己爱上他了。平庸的男人遇到的是金钱的困扰，妻子渴望逃离家庭哪怕只有一秒，儿子渴望获得和其他同学一样的生活条件……罗林收到了那封信，是情书，但并没有感动得热泪盈眶，他判断有人寄错了。是的，那封情意绵绵的信，连个浪花都没有掀起来——小资女人M感到了不理解，这个视爱情或情感为生命的女人实在不理解。在这个小资女人身上，有没有那种被叫作怜悯癖与施舍癖的暗疾呢？我想是有的，正是通过一次异想天开的写信之举，鲁敏书写了有趣的人际关系，它具有抽象性——一个小资产阶级与一个刻板的邮差之间的关系，不再只是人与人之间，还是注重实际利益的男人与多情女人之间的关系，更是两个阶级之间根本上的不可沟通。

比如《取景器》。摄影师唐冠热衷于为她的情人，那个中年男人拍摄照片，他从她的镜头里看到了不同的自己。分手后她甚至偷偷拍摄他的家庭，他的妻子，他的女儿。男人看到的家人和摄影师镜头里的完全不同，当家人热衷于谈论那些景象时，男人感觉到了错位和对一种古怪的人际关系的陌生。需要注意的是取景器后面摄影师的眼睛，当她选取场景时，是否具有了某种侵略性，她是否通过这种侵略性获得隐秘的快感和征服欲——这是不是作为第三者的女人身上的暗疾？

暗疾引发的是"脱轨"。比如《细细红线》。女主人公红儿是按部就班生活着的图书管理员，她的爱好就是体验成为另一个人的快感——在小饭馆里做女服务员。一个拥有众多粉丝的男性著名播音员，因被光环围绕而疲倦。男名人的叛逆和对自我扮相的厌恶令人印象深刻，小说中那根"细细红线"正是男名人对红儿最初见面时所说的界限："我跟你之间，什么都可以，但绝对不谈恋爱，什么你爱我、我爱你之类的。我不喜欢那些。"但这个界限恰是她愿意和他交往的原因，因为她可以做另外一个自己："这是什么局面？她一时愣住了，多新鲜！她好似匍匐在地、仰其鼻息，他根本不顾忌她的颜面或感受。可是，多奇怪啊，她一点不介意，反在心中轻声欢呼！真的，她不在意这个，她要的可能正是这个！"他们都渴望成为另一个人，不断在肉体上实验："古怪的实践，或曰戏仿——对粗俗与粗鄙。"最终，"她与他，在相互交叉的最初，曾经可能葆有的明亮与光明，彻底消失了，现在，他们正把人性中最炽烈最危险的那部分，狠狠地掏出来，爆发出恶之花的绚烂"。人物脱轨的生活状态成为小说中最有意味的隐喻，是都市人渴望成为"他者"的行为艺术。这里的暗疾，不只是生理层面的，还具有某种抽象意味,是都市人渴望从"此我"中逃离的隐秘渴望。《细细红线》的迷人在于它写出了人存在的荒诞感,永远在"此地"而向往"彼地"。由暗疾处,你会感受到作为人的卑微和渺小,也由暗疾处,你会发现作为人的虚弱与灰暗。你会发现,暗疾是人们心理阴暗的藏污纳垢之所在,也是人原谅自我和自我原谅的护身符。

王彬彬在提到关于暗疾这一系列小说时,认为鲁敏笔下的人性与当年的国民性书写不同,其实这也是70后作家与50后、60后作家的区别。可能他们对社会性的书写并不如前辈作家那样直接与清晰。比如在鲁敏小说中,人物对物质的迷恋是饥饿时代生活的阴影投射,而此刻他们对物质的狂热,甚至不惜以生活本身的自由与快乐作代价,恰恰显示的是整个中国社会被金钱裹挟着前行的历史进程——《白围脖》中忆宁们为寻找丈夫所必然想到的车子房子,又岂是人性之灰暗所能包含的,这是每一个中国人在金钱时代的宿命,而《细细红线》中的男女对成为"卑贱"之人的疯狂追逐,也是一个社会"现代化"的必然结果。

父女情感与母女厌憎

还没有哪一个当代女作家像鲁敏这样喜欢书写"父亲"。如果把她笔下的那些女儿归于一起考察,你会很快发现她们的共同暗疾:关注父亲。《镜中姐妹》《盘尼西林》《墙上的父亲》《暗疾》《白围脖》《羽毛》中都有一个父亲形象。

父亲是在场的,比如《暗疾》《羽毛》,但更多的时候父亲不在场,《白围脖》中开头虽然宣布了父亲的缺席:"父亲突然而至的死讯让忆宁在吃惊、伤心之余大大松了一口气。"但其实只是故事的开始,父亲永远是存在的。"缺席的'父亲'成了想象的诠释之地,欲望的寄托之所。父亲这个在一般意义被认为是联结家庭与外界的纽带,在鲁敏的小说之中同样一般地表现为纽带的断裂,于是生活窘困、不安,精神乃至心理、生理的跳动不安都成了叙事中盘旋不去的支撑。"(程德培:《距离与欲望的"关系学"》)不在场也是一种在场,他影响着女儿的生活,干预着故事的走向,也正如小说《盘尼西林》中"我"的叙述一样,"父亲长年不在家,这只是一个小小的背景,但可能正是它,决定了我生活的许多细节与走向,你接下来会知道,背景其实往往也是未来的前景"。

父亲们有共同特点,"父亲眉清目秀,三七分的头发梳得锃亮,脖子里是半长的藏青围巾,前面一搭,后面一搭,相当文艺了……"(《墙上的父亲》)"父亲是个译制片爱好者,对经典配音对白尤其着迷。他收藏有大量的磁带,后来则是CD,全是对白精选、电影录音剪辑等等，晚饭后无事，他会打开音响，选择上一段，陶醉其中。"（《羽毛》）——父亲是沉默的，喜欢文学艺术，即使是在生活困顿之中，他也有对精神生活的享受。他是神秘的，他的情感生活像无尽的宝藏需要女儿探寻和了解，女儿是那么渴望了解他的一切，即使是一段背叛了母亲的婚外情。父亲的情人也有某种共通性，她们通常是比母亲年轻的、带有神秘感的柔软的女人，或者是个文艺女青年吧，《白围脖》中她是小白兔，《羽毛》中她是郝音。相对而言，女儿是另一种女人，她们并不是优雅的，也不是柔弱的，更没有好的婚姻和情人。她们了解父亲的爱情，她们愿意像他那样寻找精神意义上的恋爱，比如《白围脖》中的忆宁的婚外情追逐以及她对白围脖的迷恋。

等一等，需要停下来，这样的推理很危险，一不留神便落入"女儿渴望成为父亲的情人"的结论。尽管无论是生活中还是文本中，女儿寻找丈夫时的坐标往往是以父亲为尺度也是一个事实，但这样的归纳太简单和粗暴了。鲁敏小说中的"父女情感"要复杂得多，也许这也不是情谊，而是由父亲引发的影响的焦虑，有时候你也会注意到她对父亲的一种疏离、一种犹疑和一种情感上的不确定性——父亲在她的作品中既强大得"在场"，又虚弱地"远去"。

鲁敏在性别体认方面具有"女儿性"。女儿对父亲情感世界的好奇是鲁敏家庭小说故事的发动机，它决定鲁敏诸多小说的故事走向。但是，此中讨论的发动机并不仅限于这样的表层理解，对父亲情感世界的好奇和对父女情感的书写，也使小说中的女儿对父亲一样的年长男人抱有好感。这可以解释鲁敏小说中年轻女性中意的几乎都是年长的可以做父亲的男人，例如《正午的道德》中的程先生。男长女幼的书写模式让叙述人感到某种安全。另外，这也使鲁敏小说对"精神恋爱"表现了很大程度的尊重，这使她的小说人物在男女情感上有某种特别坚定的道德感，她更在意"精神性"的沟通。

"我们的第一次拥抱就仅仅隔着皮肤"，"我们长久地亲吻，慢条斯理地进入，像是孩子品尝他们的第一块水果硬糖"。这是《取景器》里男女主人公第一次肉体相遇的场景，很性感，尤其是"慢条斯理地进入"这句话，举重若轻地书写了成年男女的性生活风姿。熟悉鲁敏小说的读者会注意到，正面描写"交欢"在鲁敏小说中几乎是绝无仅有。鲁敏小说中男女肌肤相亲很少会直接发生，她喜欢调动嗅觉和听觉，收集生活中习焉不察的小细节，她喜欢借用"器物"，比如取景器、剪纸、吹笛子、裁剪量衣等等中介方式达到某种"乐而不淫"的"调情"。说到底，这个女儿，渴望像父亲们一样超越这平凡的物质生活，追求具有意义的"精神生活"/"精神恋爱"。

与父女情感有所区别，母亲在鲁敏小说中不是和蔼可亲的，不是优雅美丽的,她们没有发展出母女情谊的可能。她们是女儿的敌人。比如《白围脖》中,是母亲发现了女儿的婚外情并告诉了女儿的丈夫,从而使女儿的婚姻最终瓦解。而这种告发和破坏,正是基于她多年前的受伤害的妻子身份。在《墙上的父亲》中,母亲的喋喋不休是令人厌倦的:"这话像瓶盖子,一拧,旧日子陈醋一般,飘散开来。接下来的一个时辰,母亲总会老生常谈,说起父亲去世以后的这些年,她怎样的含辛茹苦——如同技艺高超的剪辑师,她即兴式截取各个黯淡的生活片段,那些拮据与自怜,被指指戳戳,被侵害被鄙视……对往事的追忆,如同差学生的功课,几乎每隔上一段时间,都要温故而知新。"

唉,母亲,简直就是女儿"精神生活"的敌人!在《暗疾》中,她是那么锱铢必较,她"对每样商品的价格都有强烈的兴趣。借助一个老而旧并掉了几粒珠子的老算盘,她详细地记录日子里的每一笔花费或进账"。母亲的暗疾,无意间折磨着家人:"如果仅仅是自娱自乐倒也罢了,但问题是,母亲慢慢感到,她一个人记账,根本控制不了整体的局面,必须使家里的每一个人都进入这个严谨的体系……父亲每日出门,身上带多少现金,当天有什么用度,哪一天单位发了奖金,存了多少进银行……她单独为父亲与梅小梅建了两个账本,并替他们计算每日余额,然后,分别与他们票夹里的钱数,一碰——平了!"

这是一个与精神生活完全不相关的母亲形象,这处于经济的拮据状态,这处于情感被侵略、被分享状态的母亲与可恶的物质主义相连,令人心生不快。但是,我无意把这个母亲形象当作一个具象分析,那可能会存在理解上的偏差。我以为这个物质主义的母亲是一种象征,这使得喜欢追求精神生活的女儿与母亲之间完全不可能建立"母女情谊"。

当然前面提到的父女情感与母女关系其实也正在悄然发生着某种变化。在《取景器》中,唐冠和她的摄影镜头一样具有咄咄逼人的劲头儿,她不仅仅以此侵入男人的生活,还以一种更年轻的女性姿态冒犯男人生活的每一个细节。唐冠命令男人脱衣服,并拍下他已近中年的裸体。手持摄影镜头的女人是强势的,与男人的开始与结束,主动权几乎全在她身上。《取景器》提供了进入鲁敏小说的不同路径:有外遇的丈夫/父亲最终产生了悔意与摄影师女友疏离,而对妻子充满歉意,这是鲁敏的"有婚外情的父亲"故事中非常少见的情形。

《取景器》在鲁敏小说中的独特意义就在于此:鲁敏开始变换理解视角去重新讲述一个"老故事"。当故事偏离女儿"景仰"的视角,叙述人显现了她作为一个成熟女性对婚外情的看法,她意识到了"婚外情"的复杂性,她有了自己作为女性的困惑。当《取景器》中热爱编织的妻子以一种无趣的、刻板的以及受伤害的女性形象出现,男人最终又回到妻子身旁的结局,是否暗示着鲁敏开始以另一种方式关注母亲/妻子?

临近人性的深渊

对精神生活的向往,对尘世生活的无奈,是导致鲁敏小说人物诸种暗疾发生的原因:小人物们都渴望变成"他者",但又受制于一个"本我"的困扰;他们都渴望追求精神上的某种超越,但又无时无刻不受制于生理的、物质的束缚;渴望寻得圣洁的爱情,却又随时受制于他者和环境的污染。正是不安于"此"而向往于"彼",事事不如意,使他们变得神经质,以暗疾方式表达着对自我生存状态的不满和消极,这也成为故事之所以发生的原因,暗疾使不可能发生的变得可能发生,使本该平安无事的生活变得痛楚不堪。由小的病灶出发,鲁敏进而临近了人性的无尽的深渊。

把这些暗疾笼统地理解为人性的书写是轻易的,我想说的是,一个优秀的小说家大约永远不可能就"此地"看"此地",也不可能只是就"此病"而论"此病"。当书写者用"暗疾"的方式命名小说人物的"疾病"时，她当然是敏锐的。可是，人身上最可怕的暗疾与病苦，恐怕不是具有典型性的或特殊化的那部分，而是每个人都习以为常的"非典型性"和"普泛性"的部分，是我们没有办法戏剧化处理的部分，是遍布我们所在世界和社会的、我们无法抽离的那部分。

或许，小说家应该意识到的是，书写暗疾时不能只停留在"精微"层面而忽略那被埋在精微之下的"复杂"与"深广"——暗疾有它的连筋带肉处，也有我们未曾看到的根须，那么，当我们书写暗疾时，是否要避免抽离历史语境，避免剥离普遍性而放大其特殊性？当我们对暗疾进行显微和放大时，是否应该意识到这有可能导致"猎奇"的危险、制造"典型"的嫌疑？——是什么引发生理上的暗疾，是什么使这种暗疾演变为精神上的暗疾，如何认识个体暗疾的广泛性与社会性，这样的个体暗疾与整个时代有什么样复杂的关系？——这些，恐怕是鲁敏今后写作时应该直面的难局。

*　　*　　*　　*

阅读版本：

鲁敏：《取景器》，山东文艺出版社，2009年

鲁敏：《纸醉》，江苏人民出版社，2008年

以写作成全

关于弋舟

发现生活的内面

弋舟是70后小说家,生活在甘肃兰州。与我们通常印象中的"西部作家"不同,他的作品里地域风貌并不显著。无论是《怀雨人》《所有路的尽头》《等深》,还是《我们的踟蹰》《平行》,这些广受关注的优秀小说多集中表现人的生活和生存样态。

《怀雨人》让人难以忘记。那位年轻人潘侯,走路跌跌撞撞,四处碰壁。虽然生活能力不健全,但却喜欢持之以恒地记录他人:"早餐,二班的瘦女生,吃了十分钟,心情好;第一节课,徐教授,眼睛红,疲惫;穿着运动服的男同学,看天,天上有云……如此等等。"这样的记录看起来简单乏味,但是,也不一定。叙述人发现,"潘侯记录下的,是一些人在尘世走过这么一遭的佐证"。事实上,这是位难得的有思考能力的青年,在许多人看来,茱莉和潘侯的爱情充满了阴谋与功利,但在潘侯那里,爱就是爱,简单、直接、澄澈,与一切外在无关。那位像"雨人"一样的潘侯,天真、纯粹,如一面镜子照出了世俗者们的油腻与猥琐,读之难忘。

还有刘晓东,《等深》《而黑夜已至》《所有路的尽头》里的中年画家。他有穷追到底的性格。他要去找那个突然失踪的青春期男孩;他要帮助那个受伤害的女孩子;他要找到那个死者的前妻或情人,聊一聊突然赴死的主人公……找不到谜底他不甘心,不罢休。当然,我们也知道,这位中年男人患了忧郁症,他日日思虑,不能安宁。由此,读者得以潜进他的内心深海,与他一起翻来覆去,耿耿难眠。是的,读着读着,读者惊奇地发现,刘晓东身上的那些疼痛、那些不安,都不再是个案,也并不只属于他自己。

作为新锐小说家,弋舟的不凡在于他对人物的辨识能力。他能敏锐捕捉到生活中那些有独特气质的人,并为他们在小说里重塑肉身。在他的笔下,生活中那些婆婆妈妈、那些鸡零狗碎突然间就消失了,尘埃纷纷掉落,浮沫终会蒸发。一些纯粹的、类似结晶体的东西呈现在我们眼前。那是外表之后的真相,那是人在夜深人静时对精神境遇的思索。

比如《平行》,它关注的是老年痴呆症患者。你知道,这个族群有那么多可以写的东西,生活细节、走失、亲情、冷漠等等。但是,小说家看到的是人到老年之后在精神上遇到的困窘。"老去是怎么回事呢?""老去"难道只是秃了头、老花了眼、性欲衰退吗?困扰小说主人公的是"形而上"的问题。"老去"有可能是大面积失忆;"老去"有可能是同一个错误一犯再犯;"老去"还可能是眼睁睁看着病魔来袭,毫无还手之力。面对老人的生活,小说家并不直接写他们的病痛和行动不便,也不过多着墨于养老院,他写的是人对老去的不甘,他写的是人心灵上如何渴望逃离衰老。最终,老人逃离养老院回到家中。弥留之际,他明白了什么是"老去":"原来老去是这么回事:如果幸运的话,你终将变成一只候鸟,与大地平行——就像扑克牌经过魔术师的手,变成了鸽子。"

《平行》是举重若轻的小说。面对"老去"这样沉重的话题,弋舟写出了生命和灵魂的轻盈,他以新鲜的入口切入了老年人的内心世界。在那里,我们读到人的困惑、孤独,人面对疾病的无助和无力,以及,人即将被世界遗弃时的恐慌与抵抗。《平行》使读者认识到,"老去"是每个人的宿命,而如何面对"老去"则是全社会的精神疑难。

弋舟有拂去生活表象而直抵核心的能力，他寻找到了属于他的透视方法——我们为什么活，我们为什么爱，我们为什么难以入睡，我们为什么不能抵达理想的终点？终极意义上，如何升迁、如何发财、如何恋爱、如何分手都只是生活的表象，重要的是写出生活的内面，写下我们精神上遇到的困惑，写下我们如何渴望保有心灵的整全。

当我们讨论一部小说好或不好时，是基于它对现实生活的忠诚，是基于小说家描摹人物如何活灵活现，还是基于小说家如何把故事讲得跌宕起伏？恐怕都不是。好小说最重要的标准在于它是否有穿透表象的能力，在于写作者的思考能力。"小说里最重要的是什么？我以为是思想。是作家自己的思想，不是别人的思想。作家和常人的不同，无非是对生活想得更多一点，看得更深一点。"汪曾祺先生说得多好。在我看来，弋舟是比常人想得多、想得深的小说家，从他的作品里，读者能发现生活的内面。

"个人不能帮助也不能挽救时代，他只能表现它的失落"

我喜欢《刘晓东》。当弋舟以"刘晓东"为主人公讲述故事时，我以为，他找到了他作为小说家观察世界的坐标。刘晓东是画家、知识分子、教授,也是自我诊断的忧郁症患者——忧郁症已经成为我们时代最普遍的疾病之一,而弋舟敏感地意识到了这一点,他透过这个中年男人的内心书写我们时代人的困惑。

忧郁症患者是弋舟小说最重要的符号,或者标签。忧郁症患者思虑过度,忧心忡忡,他们患有思考癖和追问癖,是"内心戏"极重的那种人。表面上看,这些人面容平和,在人群中常常沉默;但是,了解他们的人会知道,他们的内心常常万马奔腾、翻江倒海。忧郁症决定了刘晓东是一个疏离的人,一个格格不入的人,一个不合时宜的人,一个不入戏的人——即使身在其中也常常出戏的人。

这个世界上,许多读书人都有做戏的欲望,他们把多变的和不成熟的观念吐给大众,以赢得一时的喝彩。可这个刘晓东不是。他常觉得自己是无用的,他不断地后退、后退、再后退。读《刘晓东》,你不得不想到克尔恺郭尔那句话,"个人不能帮助也不能挽救时代,他只能表现它的失落"。事实上,并不只是在《刘晓东》那里,阅读《怀雨人》《平行》《我们的踟蹰》,你都能意识到小说家更关注那些被时代轮盘甩出去的人,那些与时代步调并不相合的人,作为小说家,弋舟几乎本能地意识到,一个好作家关心的必然是这个时代的"失落者",而非这个时代的"得意者"。

因为患有忧郁症,刘晓东得以成为深具内在性特征的那种人,这有利于写作者开辟这个人物的内心疆域。"但就我们的文学而言，要害还不在看得见看不见，而在于，能不能从人物的内部，比如一个农民或一个小城市民，能不能从他自身的表意系统、他自身的内在性上去说明他、表现他。作者的确有阐释的权利，更可以向人物提出他从未想过的问题，引导他尝试扩展他的内在性，但同时，阐释的限度在哪里？人物如何自知和如何被知？"分析2011年的短篇小说时，李敬泽在《内在性的难局》如是说。某种意义上，读者在《刘晓东》这部书里看到了那些问号的答案。换言之，正是因为忧郁症，刘晓东这个人物本身具有了"表意系统"，他本身就具有自我阐释性，他的内心世界由此打开。

那是什么样的内心世界呢？刘晓东内心分裂。他的成长、他的社会经验使他分裂。时间之河横亘在刘晓东面前。这条河定格在80年代。它把一个人分成两个，一个以前的"我"，一个现在的"我"；或者说，一个以前的他和另一个现在的他。几乎每个人都从这条河中泅渡。一些人虽然渡过去了，但像被扒了一层皮，灰头土脸，片甲未留；另一些人也渡过去了，成功变身，如鱼得水。在弋舟那里，80年代是会变魔术的盒子。每个人都从那里走过，那儿是一切的起源。看起来，《刘晓东》中似乎只有两种人，一种是成功者，一种是失败者。虽然这对时代和人的理解有过于简单之嫌，但是，书中对成功失败的判断标准说服了我们——在忧郁症患者眼里，有些人似乎成功了，但他们已经死去；有些人失败了，但他们活着，痛苦地活着。刘晓东不断回溯他的过往，也不断为他遇到的每个人追溯他们的过去，由此我们看到一个人在时代面前巨大的内在性焦虑和罪感。

尽管我并不完全同意弋舟对80年代的浪漫理解，但是，我要坦率承认，弋舟使用一种以80年代为界的划分方式获得了他理解时代的视角。他对刘晓东历史和生活经验的追溯使我们能够理解这个病人，足够理解并同情他的一切，这样的书写也最终使小说人物和故事情节融为一体。人物性格决定故事走向，而不是故事走向决定人物性格。正是触及人物的过去和来历，小说家为我们勾勒了一代人的精神轨迹，在变动时代摸爬滚打成长起来的一代人的心路历程。还没有哪种疾病比忧郁症更能成为我们时代的精神症候的表征；也还没有哪个作家像弋舟这样，将这一疾病写得如此深沉、痛切，既让人感同身受，又让人认知到它的时代寓言性。

"永远不是你自己而又永远是你自己"

写作是面镜子。面对镜子，写作者首先要做的恐怕是要看清楚，这个作品里哪里有"我",哪里是"我",哪里歪曲了"我",哪里躲藏了"我"——为什么要歪曲,为什么要躲藏,这些问题对于每一位写作者都有意义。最初这些问题和回答都是不清晰的、含混的。需要回视,需要反省。这是艰难的认知过程。但是,我想,正是在这一过程中,一个成熟的作家才能真正面对"我",找到"我"的痛苦,找到"我"的语言,找到"我"的气息。

是的,语言是一个作家最重要的标识。这个世界上,有一种小说家,可以把语言祛魅,尽可能丢弃语词身上的历史性、地域性;而另一种小说家,则将简单的词语增魅,赋予它们以历史意义及隐喻色彩。弋舟是后一种小说家。从汉语言的基因中,他尤其擅长提取具有精神性意义的语词,比如"羞耻""罪恶""孤独""痛苦"。这些词语有精神性色彩。事实上,他的文本里还常常有诗歌、理想主义以及爱情这些分明"落伍"的词语。要知道,这些词语连接过去,也连接现在,它们深具历史含义,它们深具精神能量。

我们时代是对语言极为敏感的时代,但也是语言环境极为粗糙的时代。一些词慢慢死去,被我们无情抛弃;一些词突然出现,我们不得不接受它们,即使它们看起来很恶俗;还有一些词我们避免说起,即使我们内心确实渴望使用,但我们也主动遮掩,以此来确认不落伍。

使用哪些词语表达，用这个而不用那个，用这种方式而不是那种方式言说，都是面对世界的态度。作为汉语写作者，弋舟的独特性在于他坚持使用一些现在我们不愿使用的语词，他以此来表达自己对潮流的不认同、不苟且。他使用"孤独""罪恶""理想""赎罪"……这些语词在他的文本中使用频率很高，以至于我们都觉得是不是太多了。并不是太多，很可能是我们遗忘太久，以至于我们忘记了这些词在这个时代本该有存在的必要。语言即是内容，语言与内容不可剥离。当流行小说中绝迹的词语越来越多地出现在弋舟作品中时，那不仅仅是他对某一类词语的偏好，更是其写作态度的彰显。

弋舟的语言追求优美、雅正，讲究节奏感，读者能清晰地感受到他的文学理想，当然，也会想到其小说风格的来处。作为新一代小说家，弋舟并没有从90年代写实主义那里充分获取营养，迂回辗转，他从80年代先锋写作财富中寻找到了写作资源。在我看来，这是他常年寻找"自我"的一个结果，看重小说思想、看重小说语言、看重小说形式、关注我们时代人的精神困惑与疑难，这样的追求注定使他与当下追求好看故事的写作潮流格格不入，注定他的写作将带有强烈的个人标识，也注定他将会从同龄作家中脱颖而出。

作家确立艺术风格的标志是建立"自我"，自我的语言，自我的理解力，自我认识世界的方法。"自我"是深井，那里有无数关于人的宝藏和秘密。对自我的探索需要经年累月的劳动，需要作者沉思冥想，需要向更深更暗的无人至访处探进。这种痛苦的探索是有重量、有质量的，是切肤的；对于作家而言，它不是一种损耗，而是对写作生命的另一种滋养。我猜，弋舟和他的刘晓东一样，都有过痛苦和备受熬煎的时期。一定有种种问题困扰过他。但是，他终究明白了，世上没有人真的帮助另一个人解开难局，除非他能够真的深入挖掘"自我"，对着写作那面镜子披肝沥胆，直见性命。

是从哪一篇开始的？我不能准确说出来。但熟悉弋舟创作的人深知，他变了。他从许多人中走了出来，面容越来越清晰，他作品的声音、腔调、气质都越来越有标识性，越来越让人过目难忘。换言之，他越来越开始成为"弋舟"，而不只是70后写作中的一个。

当然，这并不意味着弋舟以前的文本里没有自我。但以前那个"自我"跟他后来文本中的"自我"不同。后来的那个"自我"不躲闪，坦然，那是忠直无欺地面对这个世界，那是坦诚地毫不畏惧地承认，对，这就是我。是的，就是。好的，坏的，健康的，病态的，痛苦的，忧虑的，所有文本里的一切，都有"我"。

尽管要从认识"自我"开始，但作家也要意识到，文本中的那个人是"我"，但又不可能全是"我"。先从化身为"我"开始，最终化身为他，化身为与"我"相类的人群。懂得怎样写作的人，会在文学中利用自我的,伍尔芙说,但是,她又说:"这个自我虽然是文学的要素,却也是最危险的敌手。永远不是你自己而又永远是你自己——问题就在这里。"的确如此。

很难说清楚,这位作家是从哪一天起开始直面镜子里的那个人。这个人不惮于承认自己病了,他不惮于面对自己残破的内心,他不惮于承认自己是弱者。作为写作者,他看到了潜伏在"自我"身上的疾病与灰暗,尽管他本人不一定是病人。好作者不只是病人还得是医生。"他是医生,他自己的医生,世界的医生。世界是所有症状的总和,而疾病与人混同起来。"德勒兹说。这句话用在弋舟的写作上非常适合。

重要的是,弋舟深知"我"身上是有疾病的,但这疾病不是孤本。他逐渐意识到那些灰暗的情感、那些扯心扯肺的病痛、那些无以表达的愤懑都不是个案。他逐渐懂得,那些在黑夜里辗转难眠的中年人,那些在情欲伦理间徘徊的人,那些在现实与理想之间苦苦挣扎的人,那些活得像狗一样趴在地上苟延残喘又摇摇晃晃爬起来想和虚空世界放手一搏的人,那些为疾病和衰老搏斗、无法自拔的人……他们身上都有一个"我"。要勇敢地面对自己的内心,这是成为自己的第一步。而至为重要的是,从自我出发,认识到"无穷的远方,无数的人们,都和我有关"(鲁迅语),只有从此开始,带有个人风格标志但又不拘泥于个人的作品才闪耀光泽。

就是从此刻开始。弋舟的作品开始耀眼鲜明,具有了吸引力。越来越多的读者开始被那里显现的光泽吸引:他们渴望了解潜藏在那里的秘密;他们情不自禁地想和这位作者站在一起肩并肩看世界;他们与他感同身受;他们开始以他为同类,开始向他掏心掏肺;他们愿意和他目不转睛地对视……最后读者们不得不感叹说,正是从这个作者那里,我们照出了自己,我们找到了同类。

*　　*　　*　　*

阅读版本:

弋舟:《怀雨人》,《人民文学》,2011年第3期

弋舟:《平行》,《收获》,2015年第6期

弋舟:《刘晓东》,作家出版社,2014年

与时间博弈

关于冯唐

时间真是神奇美妙但又喜怒无常的怪兽。前一刻,它为我们带来诸多无价之宝,青春、力量、健康、荷尔蒙;后一刻它则带来皱纹、白发、斑点、衰老、疾病,它会将那些珍宝从我们身上统统收回,不由分说,不由争辩。"逝者如斯夫!不舍昼夜。"——几千年前夫子在川上感喟时光之快之无情时,是否也在叹息人于时间面前的渺小无力?

在滔滔行进的时间之水面前,艺术家是人类中那群不甘心者。流走的永远不再回还,但艺术的印迹会留存。《蒙娜丽莎》《向日葵》《韩熙载夜宴图》《清明上河图》《荷马史诗》《诗经》……这些传世的艺术品使我们有理由相信,在与时间的搏斗中,失败一方并不总是人类。

时间困扰我们,但也激励一代一代的艺术家与之抗衡。作家冯唐是这些抗衡者中的一员。读他的作品《北京三部曲》《不二》《天下卵》《冯唐诗百首》《猪和蝴蝶》《活着活着就老了》,你会强烈感受到这些文字中潜藏着的隐秘雄心:与时间进行不屈不挠的博弈。

"刻舟求剑人"

冯唐以青春小说成名。我至今还记得 2000 年,第一次在"江湖谈琴"版看到他文字的惊讶,那真是一段美好的文学记忆,那时的泡网 BBS 里聚集了我们一群爱好文学的伙伴。从 1999 年到 2007 年,八年时间里他出版了三部独立成书但又紧密相关的长篇《十八岁给我一个姑娘》《万物生长》《北京北京》。三部小说共有一个场景,秋水和他的朋友在燕雀楼门口的人行道上喝啤酒。喝醉,骂人,忆往,铺着塑料布的桌上杯盘狼藉,秋水开始回忆他的往日。他的小说总有两个岔道,一条通往少年/荒唐/初恋,这里有朱裳,有翠儿;另一端则是成年,朋友暴死,朱裳嫁为他人妇,秋水成为跨国公司经理。两条时光隧道里嵌着两个北京:一个浩浩荡荡充满着大大的"拆"字,有甜汽水防空洞自行车胡同;而另一个则高楼林立,车声鼎沸。

读这些小说,有如听躲在黑暗角落里的秋水口若悬河、眉飞色舞、依依不舍、得意扬扬地讲故事,虚空世界里的明亮如此夺人心魄。但就在那乱花迷眼的喧哗笑语中,他突然停住,静默。他说他想起了《昔年种柳》:"昔年种柳,依依汉南。今看摇落,凄怆江潭。树犹如此,人何以堪?"一切就在倏忽之间。对往日恋恋不舍的人,该怎样召回他的时间、确认他曾有过的美好?他只能在纸上刻印,刻下那些再也回不来的过往。

想一想,三部曲中的女性人物多么有意思,比如"妖刀",比如"我老妈",比如"我老姐"。还比如"我女友",她高智商,混不吝,迷恋男友的身体,并以一种特有的北京姑娘的语言来表达。这是多么不一样的人物形象,坦率,"好色",生机勃勃,生气勃勃,同时,又有些毫不顾及"羞耻"分外性感的劲头儿,这一切都构成了这个人身上最迷人和最矛盾的东西。这是有无限可能性的人,而且,要知道,这姑娘还是著名学府里的天之骄子。当代中国还没有一个作家如此坦荡地正视和描述这类女性身上的特质。有些男作家喜欢写女人们身上夸张的放浪、勇敢、奉献和坚定,有些作家则喜欢写女人们夸张的纯洁、羞怯以及欲望的节制,为她们想当然地"提纯",但冯唐不,他尽可能地避免作为作家和男性书写女性时的"装",他书写了女性精英面具之下那个真切的"肉身"。不过,只可惜,略作停顿后,冯唐从这个形象上滑了过去,他用调侃和说笑的方式话锋一转跳开了。要知道,那些卓尔不群的女性实在是冯唐写作的宝藏:蒙古族血统的母亲,彪悍性格的老姐,这些豪放的有力量的女性与"我女友"一起,都具有吸引力。但她们都未曾独立成章,没有散发出钻石般的光泽。

我疑心,这样一板一眼讨论冯唐太迂腐了。写一些有趣的人物,讲一个有起承有转合有高潮的命运故事,并非这位作家的初衷。冯唐志不在此。那些人,那些事,不过是青春记忆的底子罢了。对于这位小说家而言,重要的不是刻下那些女性的容颜,而是秋水的心境、怅惘、爱欲,是独属于秋水的那终将逝去的青春北京:"在从小长大的地方待,最大的好处是感觉时间停滞,街、市、楼、屋、树、人以及我自己,仿佛从来都是那个样子,从来都在那里,没有年轻过,也不会老去,不病,不生,不死,每天每日都是今天,每时每刻都是现在。小学校还是传出读书声,校门口附近的柳树还是被小屁孩儿们拽来扳去没有一棵活的,街边老头还是穿着跨栏背心下象棋,楼根儿背阴处还是聚着剃头摊儿,这一切没有丝毫改变。"(冯唐:《读齐白石的二十一次啼嘘》)——在内心深处,冯唐渴望清明美好的北京在他的文字中永远凝固,他渴望青春有张不老的脸。

王安忆称耽溺旧时光的朱天心是"刻舟求剑人"。在传统的刻舟求剑的寓言里，刻舟者是迂腐的、不知变通者；可是，在艺术的世界里，"知其不可为而为"、心无旁骛的印刻者却值得尊重。事实上，《北京三部曲》中，冯唐确也像极了那位"刻舟求剑人"——他固执地想保存属于他的珍宝，以期打败奔腾不回的"匆匆而逝"。

"墨雨淋漓处骨重肉沉"

桑塔格评加缪时有个有趣的说法，她说好作家大抵分两类，一类是丈夫，一类是情人。"有些作家满足了一个丈夫的可敬品德：可靠、讲理、大方、正派。另有一些作家，人们看重他们身上情人的天赋，即诱惑的天赋，而不是美德的天赋。众所周知，女人能够忍受情人的一些品性——喜怒无常、自私、不可靠、残忍——以换取刺激以及强烈情感的充盈，而当这些品性出现在丈夫身上时，她们决不苟同。同样，读者可以忍受一个作家的不可理喻、纠缠不休、痛苦的真相、谎言和糟糕的语法——只要能获得补偿就行，那就是该作家能让他们体验到罕见的情感和危险的感受。在艺术中，正如在生活中，丈夫和情人不可或缺。当一个人被迫在他们之间做出取舍的时候，那真是天大的憾事。"（桑塔格：《加缪的〈日记〉》）桑塔格欣赏加缪具有理想丈夫的色彩。不过，现代以来，大部分作家属于情人类型，这似乎由此时代的阅读趣味决定。

冯唐的小说有缺憾，但也有奇异的吸引力。尤其是秋水这个人，《十八岁给我一个姑娘》甫一发表，便受到许多读者的欢迎——他聪明，风流，喋喋不休，贫，自恋，荷尔蒙泛滥，是坏又可爱的那种男人。这个人当然是不完美的，他让卫道士们避之不及。可是，不正是这样的不完美使秋水具有吸引力？而且，这个人物的吸引力早已溢出了文本之外。那些年轻女读者的尖叫岂止是给秋水的，不也是给小说家本人的？

一个对青春记忆无限追念的人终是无趣的。人总要成长。活着活着就老了，冯唐逐渐认识到。他的随笔产量明显上升。在随笔里，他日益拥有一种特别的本领——那种将所有矛盾的不搭界的语言和词汇进行混杂统一的能力。前一句他说起"唠叨所有既见苦难胡云不悦的灵魂"，后一句便可以没有任何转折直接加上"冷了记得抱舍不得你的人，烦了记得在你背后的神，细看墨雨淋漓处骨重肉沉"——古与今，灵与肉，世俗与庙堂，"丰腴、简要、奢靡、细腻、肉欲、通灵"，他把它们全部放在一个句子里炖了，一锅烩，五味杂陈，别有趣味。他"将汉语的古典传统熔铸于鲜活的现代口语，发展出神采飞扬、轻逸飘捷、机锋闪烁的独特声音"（TOP20青年作家评语），这声音成为冯唐的标识，这是他在青年一代作家里独树一帜的最重要缘由。

冯唐找到了属于他的言语方式。他的写作没有道理，没有章法，别有气质，别成一体。他的写作，有如那些无法命名的野生植物，新鲜明艳，夺人眼目，他的很多随笔会使人想到中国现代小品文——那类有趣、鲜活、嬉笑怒骂、荤腥不忌的文字——在当代的复活。

事物比例在他的随笔中发生着意味深长的变形。比如大与小。宏大的、神性的并不真的宏大、真的神性；细小的、世俗的哪里就真的小、真的俗？在冯唐眼里，"安禄山高速胡旋舞时候的壮硕肚脐"远比"他几乎颠覆了唐朝政权的巨大心机"更有趣。李敬泽评冯唐说："他无差别心，他不把人分成三六九等，分成爹妈儿子，分成领导、知识分子和群众，正如医生眼里，人在产房一样、推进炉子时也一样，在搓澡师傅眼里，人在澡堂里一样，深知众生平等，做了彻底的唯物主义者，方做得成癫和尚，酒肉穿肠、呵佛骂祖。"他说得好。一切在冯唐这里变得自然自在，生死疾病身体情欲，没有什么不可以写，没有什么不可以谈。

没有边界意识的写作者是值得期待的。没有生死边界，没有古今边界，没有灵肉边界，冯唐可以把自己的成长与齐白石的成长并写，也可以跨越千山万水给司马史官写信。《大偶》《大爱》《大欲》写得有趣。"春风十里，不如你"的诗句也令人难忘。十多年来，冯唐发生了重要的变化。一个人对世界的理解越来越通达,写作便越来越有气象。小说里的秋水是虚拟的,随笔里说话的人才是冯唐自己。他并不避讳地表现自己身上那些贪恋、自信、自狂、自傲。他让人想到郁达夫,那位写下"曾因酒醉鞭名马,生怕情多累美人"的现代作家。但冯唐说到底还是冯唐自己,他和我们所见到所理解的很多作家形象有距离。他使我们认识了一个文人,一个才子,一个口无遮拦者,一个《红楼梦》里的"癞和尚"或"跛道人",一个多情的人,狷狂的人。

还是回到桑塔格关于丈夫和情人的比喻里吧,冯唐不属于加缪的同类,他是另一种,他有诱惑的天赋,能让读者体验到"危险的感受"。当然,他自己未必不知。现在的冯唐,不仅走在成为一个作家的路上,显然也走在成为一个文化偶像的路上。不是作为一个完美者,而是作为有个性者,一个特立独行者。

"别管世人,别管短期"

每个人都有对时间的理解,都有属于他的时间意识。当张海鹏给自己起笔名为"冯唐"时,意味着,他渴望自己能与历史相通,与古人相承。喜欢《诗经》、唐诗,喜欢古籍,喜欢古画,嗜好古玉、古器——他相信艺术的不朽、艺术家的不朽。也许,此时此刻的一切注定要消失,这是不争的事实;不过,与人相关的某些器物会永存,诗句、字画、玉器,以及附着在这些器物上的思想、爱意、欲望和美,会永存。如此说来,物并不只是物,便是有呼有吸,活生生的了。我们的肉身会远去,但我们写下的字、画下的画,曾经做过的对人类文明的那些思考会留下,会经由那些物流传下去。刻下的印迹也会与未来的有缘人相遇,一如那些古物会穿越时光与今天的我们相遇。美和艺术的价值哪里是拍卖价可估量的?当我们拥有它们,便拥有旁人无法比拟的时间、生命、思想和美。

冯唐由此拥有他的历史观。历史观是属于作家特殊的取景器,会使作家的写作视点发生变化。在一些人眼里,这些事很重要,那些事无足轻重。而另一些人则相反,那些事需要专心致志,这些事则无关紧要。冯唐的历史观使他有自己对长期和短期的理解,也使他不惧成为舆论焦点,甚至还会在风口浪尖主动出击。比如韩寒事件中的"金线说",比如直接批评王小波——冯唐怎么能不知道他将会遭遇反批评?放在冯唐的时间观念里,反批评和争议都是必要的,有些批评会很快随风而去,有争议的,未来则有可能会成为趣事和美谈。世界上不存在没有争议的好作家。世间的一切博弈无非是此长,彼消;此消,彼长。

重要的是一个艺术家的持久力;重要的是懂得如何葆有自我,

成为自己，不辜负自己的花期；重要的是那位叫冯唐的作者写下去。"别管世人，别管短期，把这些当成浮云。耐烦，耐劳，不要助长，温不增花，寒不减叶，白杨树就是白杨树，黄花梨就是黄花梨。爬上古人堆成的昆仑山巅，长出比昆仑山巅高出一尺的自己的那棵草。"在给画家林曦写的序中，冯唐如是说。这是借他人酒杯，浇自己块垒，冯唐对艺术创作的见解令人欣赏。

文学史上，有一些作家，他们注定要在完整的传统链条中做更为坚固的一环，成为经典的一部分，他们通常沉默而低调，靠写作本身进入庙堂，赢得文学史声名。而另一些人，则通达，懂因材，懂尽力，"谁能把牛肉炖成驴肉？谁能让牡丹开成玫瑰？"冯唐的写作固然放不进任何理论框架、放不进传统的脉络。可是，做开山者，做拓荒者，做独异者，何如？

如此说来，《北京三部曲》之后有《不二》，一点也不奇怪，《不二》之后有《天下卵》，也顺理成章。冯唐到底要走他的路，犯禁忌，致非议，行异路，与时间进行不屈不挠的博弈——"别管世人，别管短期"。

* * * *

阅读版本：

冯唐：《北京三部曲》，天津人民出版社，2013年

作为生活本身的常态与意外

关于曹寇

我们身上的"桑丘"

某种程度上,讲一个老少咸宜、起承转合的故事已经成为当下诸多写作者的奋斗目标,也是此时代青年写作者获得名利的捷径。但小说家曹寇的追求与此背道而驰。曹寇不讲究戏剧化效果,不追求人物跌宕起伏的外部命运,不借助编造这样的命运以赚取读者廉价的眼泪。很显然,曹寇对世界的理解不同于那些故事所表现的那样浅表,在他眼里,每天发生的事件并不像故事讲述的那样齐整、条理分明。

从《屋顶上的一棵树》《越来越》《生活片》《十七年表》等小

说集中可以发现，这位小说家对生活、对文学、对人本身有着独异的理解力。曹寇的所有题材和事件都不是新的，但读来却极具陌生化效果。《你知道一个叫王奎的人吗》中，王奎出现在每个人的谈话中，他像个影子，或者像个传说，他的名字出现在各个地方，采石场、路边的野店、出租车、大货车司机口中、火车站候车厅里。小说的结尾是一则报纸上的消息，一个民工在为雇主安纱窗，从楼上不小心掉下来，名字还是叫王奎，三十三岁。曹寇以对一位青年漂泊流浪生活的追溯书写了这些人物在这个时代的共同命运，"王奎"无处不在，却也具体可感，这是和曹寇们一同成长的沉默的兄弟。王奎最终消失不见，但他的际遇让人无法忘记。在这个时代，那个倒霉的人不叫王奎，便叫赵奎、张奎。小说中透露出来的精神气质表明曹寇的写作跟一地鸡毛式的写实主义相去甚远。叙述人并不沉湎于俗世而沾沾自喜，他更接近"低姿态飞行"——他是普通人中的一员，但他比普通人更敏锐，他希望由具象的生存传达出人存在的普遍状态。

读曹寇的文字，常常使我想到奥威尔对文学的一个有趣看法。奥威尔说，堂吉诃德—桑丘·潘沙组合是小说形式一直在表达的灵与肉的古老二元体，他认为每一个人身上都住着两个人，即高贵的傻瓜和卑贱的智者。遗憾的是，大部分作家都致力于书写那个堂吉诃德，一个人身上官方的、堂而皇之的部分，而惯于对那个矮小、卑微、懒惰、无聊、庸俗的"桑丘"视而不见。

曹寇的敏锐在于洞悉普通人身上住着的"桑丘"，这位小说家致力于书写人身上的灰色、懒惰、自私，他将它们诚实地描写出来，不带感情，不审判，不嘲笑，不卖弄，仿佛这些有如人身上的斑点、胎记一般，与生俱来，无可逃遁。他无意为"人"涂脂抹粉。他比当下许多写作者更诚实、更冷静、更深刻地认识到何为人：人不是英雄，不是神，不是鬼。每个人的善好，有其来路；一个人的作恶，也非必然。人有人的局限。人的瞬间美好不意味着人的永远高大，人偶然的作恶也不意味着人性永远丑陋，人不过就是人罢了。卓尔不群的理解力意味着曹寇完全具有了成为优秀小说家的才能，事实上，他已然成为今天非常值得期待的新锐小说家。

意外事件与"灰色地带"

曹寇致力于揭示时代生活中最具体、最世俗、最庸常、最灰暗的一面。他的主人公通常是：城市游荡者，无业者，下岗者，农民工，小职员，中小学教师，失婚者。写作对象潜藏在他的身体里，作家即是这些人中的一员。尽管他笔下人物都是低微者，但用当代文学中所谓的"底层文学"命名却是失效的。对象还是那些对象，人物还是那些人物，事件还是那些事件，但写作目的和阅读感受完全不同。曹寇小说文本与现实之间的"互文"关系，他拒绝道德阐释的写作姿态，使当下文学批评中的某种通用价值判断体系面临挑战。

《市民邱女士》写的是城管人员的杀人事件。邱女士是谁？她是围观的市民，知道这件事情后她认为"城管太嚣张了，领导要好好管一管他们"。邱女士的看法代表了对城管杀人事件的庸常理解。虽以"市民邱女士"为题，但这小说写的却是与"市民邱女士"完全不同的认识——年轻城管的生活平淡、懈怠、无聊，杀人极为偶然。这是切入角度独特而刁钻的优秀短篇。小说给予人强烈的现实感，事件以及事件本身在小说中呈现出的状态是实在的，每一个正在经历这个时代的人都真切感受到了。叙述人和邱女士对世界的不同看法，导致了不同的故事——杀人者并不是邱女士们通常理解的飞扬跋扈者，邱女士们根本没有道德制高点可倚靠。曹寇在他的小说里拒绝总结那种道德经验。

《市民邱女士》完全可以把杀人视为"意外"，但小说的意义在于另有细节。这位年轻的城管在街上抢了老太太的菜摊又踢了两脚，他心里内疚回家告诉了父母。"结果是死一般的寂静。他们没有骂我。寂静持续了很长时间，父亲借着上厕所的当口也装作洞彻世界的样子对我说：'睁一只眼闭一只眼吧，你也要注意安全。'"——自私、薄凉、损人利己，这些价值观像水和空气一样在我们四周蔓延。曹寇意识到产生意外凶杀案的偶然性，还深刻意识到它的必然性。

《塘村概略》涉及的是当代人内心深处对暴力的狂热。面对一个疑似"拐子"，扇她嘴巴子的是丢失孩子的祖母，踢她的是有些疯癫的被家庭虐待的老人骆昌宏，还有因为婚姻问题正郁闷，因为"我高兴"便出手的少妇……没有人认为自己那一脚是最重要的，也没有人认为自己将对这样的暴力负责，他们都认为自己的一脚是成千上万脚中的一下，不会致人死亡。小说中，曹寇对人性有深入的识别力：年长警察老王对年轻所长不屑，谨慎青年警员张亮对老王的曲意迎合，没上过大学的赵志明对大学生葛珊珊嗤之以鼻，而那些殴打葛珊珊的人也都各有人格缺陷。这基于小说家对人的另一种维度的理解。

曹寇的小说让我们感受到世界是荒谬的、鬼魅的、无聊的，不仅因为人性本身，还因为这些人物所处的时代、环境。读曹寇的小说使人深刻意识到，人是时代政治的产物，每个人物都带有他们的时代标记。

非故事与非虚构

曹寇《屋顶长的一棵树》中收录了"非小说十则"，《生活片》

中,更多的则是简明的生活片段。村子里一位老人去世后大办丧事,演出中既有烟火生气,又有鬼魂共舞的感觉,像是一场摇滚演出;被"我"视为爱人的聋哑姑娘;与一位叫棉花的女网友的交流;热衷于教研员工作而不想调换岗位的张老师……他热衷于比照生活书写,寥寥数语,刻画一个人的状貌际遇,勾勒一种情境,一种现实,而非一个故事。

这样的写作让人想到电影创作领域的纪录片,以及使用DV拍摄的手法。《水城弟兄》取材自广为流传的真实故事"七兄弟千里追凶"。作品呈现的不仅仅是偏僻之地的弟兄们为他们死去的兄弟追讨凶手的故事本身,也呈现了凶手及受害人所居住的山村环境,那里的"穷山恶水",那里的贫苦、荒芜、寂寥。在当代中国,"非虚构"突然出现缘于写作者强烈"回到现场"的写作愿望,但当下流行的"非虚构作品"与曹寇的"非虚构"具有差异:前者显然追求一种对现实的介入,其中有某种强烈的济世情怀;后者的写作之所以令人印象深刻在于他们对小城镇生活的忠实记录,没有济世,没有启蒙,他们追求的是极简、深刻、零度写作。

但曹寇追求艺术性,这与他身上葆有由先锋文学传承而来的对文学形式与语言的探索精神有关。因为这样的追求,现实在他的笔下别有"诗意":曹寇写塘村时带着某种幽默和温柔的反讽,他的笔力深刻而舒展。借助这样的写作，现实与文本呈现了某种奇特的关系——文本为现实提供了某种镜像，它是现实的一种反映，但这种反映并不是直接的，并不是一比一的关系，场景和人物都烙上了写作者本人的视角。

这是躲避了"文学惯例"的写作，是不依赖于强烈的戏剧冲突而将生活本相还原的写作，是还原一个人眼里的世界、一个人眼里的生活的写作。它固然是基于个人经验的写作，但并不是只关注个人生活的写作。这是经由个人感受而切入现实的写作，客观真切地呈现"我"眼中的世界，毫无保留，但这种呈现同时也是有限度的和主观的，叙述者并不隐藏这些。这不是新写实主义，曹寇显然并不认同这样的生活。这是在叙事者隐形态度观照之下的写作，他以此消除对生活的平庸模仿。

"它既不是对世界原封不动的模仿，也不是乌托邦的幻想。它既不想解释世界，也不想改变世界。它暗示世界的缺陷并呼吁超越这个世界。"《无边的现实主义》中对卡夫卡与现实世界关系的分析，某种程度上也可用在作为小说家的曹寇面对世界的态度上。也许人们会将这样的写作归于朱文等"新生代"作家的影响，但曹寇这一代作家与"新生代"不同在于，生活在他们这里说不上是被厌弃的，他们也缺少愤怒青年的激情。他们无意成为文化精英，他们似乎更愿意承认作为个人的灰暗和卑微，曹寇在采访里多次自认是"粗鄙之人"，表明了他对叙述身份的想象。

作家是民族独特记忆的生产者。每一代作家，每一位作家都在寻找他们面对世界的角度和方式。毫无疑问，历史、革命等宏大话语在曹寇的小说中看不到，事实上，在整个70后一代作家那里也几乎是匮乏的，这是由成长语境决定的，这是在80年代末迅速成长的一群人，在他们的生命经验中，宏大话语早已远去，留下的是生活本身，是现实本身。他们所做的、所能做的，是写出他们看到的生活、他们看到的现实。但是，这并不意味着这些作品必然是"历史意识稀薄"的作品，也并不意味着这是主体性匮乏和令人失望的作品——如果读者的历史观念不是断裂而是完整的，将会意识到，曹寇的书写中包含了近二十年来我们时代、社会和人的困境与精神疑难。

今天，如果我们追问一位青年作家对于当代中国及当代文学的贡献，首先应该追问的是，在这位作家的文本中，是否潜藏有中国发生了什么、正在发生什么以及我们遇到的精神困境是什么的表述。不得不承认，在当下中国，人们内心中那些恐惧、痛楚、无聊、疤痕被深深铭刻进了曹寇的文字里。一方面是直接、赤裸、粗糙、众声交杂的客观现实,另一方面是叙述主体对这种现实的反感、疏离和试图挣脱,两种相异的元素相互抵抗、相互映照,同构了曹寇笔下作为生活本身的庸常和意外。

* * * *

阅读版本:

曹寇:《越来越》,吉林大学出版社,2011年

曹寇:《屋顶长的一棵树》,浙江文艺出版社,2012年

曹寇:《生活片》,重庆大学出版社,2013年

在生活之上

关于廖一梅

在爱欲的无尽深渊

"通过爱情,人们去寻找自己和世界的关系,找到去表达自己欲望和激情的方式。"当廖一梅如此表达她理解的爱情时,也意味着她找到了探索个人与世界关系的助力。爱欲成为她认识世界的方式。《恋爱的犀牛》是她的第一次尝试,被视为"恋爱的圣经"。但这样的说法令人怀疑。那些把剧作当作爱情指导来观看的观众未免会失望,这部剧作与其说是关于恋爱的指导,不如说是对何为爱情的深入思考。

主人公马路是爱情至上者。如何爱明明,如何使明明意识到自己爱她是个难题。他发现,当他真的爱一个人时,常常是束手无策的。这种束手无策也出现在明明那里。她爱上了不爱她的男人。她无法获取他的爱。爱成为两个人的难题和难局。这恐怕也是处于爱情状态里的所有人都必然面对的难题。对于这两个青年来说,他们受困于爱,他们为自己的爱画地为牢。他们不能像周围的人那样轻松地爱。关于爱的表达,那些歌唱、礼物、金钱,在他们的情感中全部都不适宜。

廖一梅的特殊本领在于她能把一个具体的通俗意义上的日常爱情故事写得深入深刻,使读者很快进入话剧的肌理。《恋爱的犀牛》中,明明对于爱的理解抽象又精微,具有某种普泛性:

我是说"爱"!那感觉是从哪来的?从心脏、肝脾、血管,哪一处内脏里来的?也许那一天月亮靠近了地球,太阳直射北回归线,季风送来海洋的湿气使你皮肤滑润,月经周期带来的骚动,他房间里刚换的灯泡,他刚吃过的橙子留在手指上的清香,他忘了刮胡子刺痛了你的脸……这一切作用下神经末梢酥酥的感觉,就是所说的爱情……

她有一种穿透力。对于这部话剧而言,具体环境并不是剧作家所关注的，马路和明明能否走到一起也并不是她所着意表达的。没有开头结尾和起承转合，她只想阐释对爱的疑问、追问、理解。因为，"人对于爱的态度，代表了他对这个世界的态度，爱情是一把锐利的刀子，能试出你生命中的种种，无论是最高尚还是最卑微的部分"。

《恋爱的犀牛》只是廖一梅探索"何为爱"的开始。《琥珀》的进一步问题是爱与身体、爱与欲望的关系。因车祸消失的人，如果他的心移植于另一个人的身体里时，"心爱"二字何解？"如果你的灵魂住到了另一个身体我还爱不爱你？如果你的眉毛变了，眼睛变了，气息变了，声音变了，爱情是否还存在？"你爱，你爱的是以前的他还是现在的他？

每一个问题都是切肤的，有着最为真实的疼痛。思考和追问都需要勇气。爱真的是不可转移的吗？当形而上的爱前所未有遇到一种肉体分离时，爱是什么？不断地追问是《琥珀》的深度。廖一梅把她的人物完全推到了悬崖，一种绝境。她的问题折磨着剧中人物，也折磨着她的观众——他们从来没有意识到，爱如此复杂，关于爱的问题会以如此凛冽的方式被推到前台，这使人不得不思考、不得不面对。

《柔软》则是三部曲中最为惊世骇俗的，也最受争议。这部作品关于了解，婚姻，爱，男人，女人，性，同性恋，异性恋，异装癖，以及人的勇气，那种渴望探求身体可能性的勇气。诸多复杂缠绕的问题全部呈现在这部剧作中。变性医院里，一个青年男子渴望变成女性，在变性前，他以男性身份与他的女医生发生性行为，并且获得快感。这是她最为暧昧的作品，你很难用清晰的语言表达和阐释。它是无解的。但缠绕本身就是一种冲击。

廖一梅信任爱。因为信任，所以才执迷于何为爱。在她那里，爱不只是爱，也是人和人之间的交往。"爱还是存在的，如果你细细分辨，那可能是人最本质的善意和友爱。它既不是欲望，也不是需要，是人和人之间的一种默契，是人类能够存在的最本质的东西，它超越任何身份、禁忌，甚至性别。"

想来，这位执迷于爱的作家，也许在创作的最初并没有想过写"悲观主义三部曲"，下一部顺理成章。每一部剧作既是一个问题思考的结束，也是深入挖掘另一个问题的开始。爱与肉体、与婚姻、与灵魂、与生殖的关系——她的主人公缠绕在这样的问题里不能自拔，他们以一种不能自拔的状态使我们重新理解那被传说过一千万次的爱一个人，如何通过对爱的理解去理解世界、理解人本身？剧本没有清晰的答案，也许读者在这样的问题和困惑里找到了同道，也许剧作会把懂得爱的人弄糊涂，无论怎样，三部曲像巨大的深不可测的镜子一样，使读者照见了自己的困扰和烦恼。这种困扰和烦恼与什么时代、什么样的物质条件无关，而只与灵魂、孤独、精神疑难有关。

众声与独语

廖一梅剧作众声喧哗。俚语，俗语，段子，笑声，同构了有关时尚、时代的众声。这些声音和表达都是用严肃的方式呈现的，激昂、铿锵，像我们所在的现实。这似乎是这个时代的底子。另一方面，她似乎也喜欢使用科学性的语言。科学性语言以一种冷冰冰的方式出现。所有的语言都煞有介事。把不同风格的语言、不同的生活态度、不同的生活场景全部糅杂在一个空间里，成为一种人生境况的隐喻性描写。

各种语言元素相互矛盾，构成一种拼贴叙事，不加雕琢，某种意义上，是带有讽刺性质的现实叙事。她展示当年最流行最红火的观点并加以漫画化。这种杂糅在孟京辉的舞台上得到了一种彻底的贯彻。《恋爱的犀牛》中，讨论到如果得到一大笔钱该做什么时，各种声音泛起，"用于还债""出国""买房""全部买成伟哥"……而果然中得大奖的马路，却想的是"给图拉买个母犀牛"做伴，给他爱的明明以幸福。在这样的喧嚣里，马路的声音出现：

你们欢呼什么？你们在为什么欢呼？我的心欢呼得快要炸开了，可我敢说我们欢呼的不是同一种东西！相信我，上天会厚待那些勇敢的、坚强的、多情的人，如果你们爱什么东西，渴望什么东西，相信我，你就去爱吧，去渴望吧，只要你有足够强大的愿望，你就是不可战胜的！

与此相类，《琥珀》中，当《床的叫喊》畅销，当美女作家的情爱作品畅销时，一个声音开始在舞台出现：

如果你的灵魂住到了另一个身体我还爱不爱你？如果你的眉毛变了，眼睛变了，气息变了，声音变了，爱情是否还存在？他说过，只要他的心在，他便会永远爱我。可是，我能够只爱一个人的心吗？

与大众的、科学的语言相对应的，是来自人的低语，一个人的独白，是独语者的诉说。它们不是高亢的，响亮的，它们是由人心深处发出的。这种低弱的、发自肺腑的声音与高声的喧哗，构成一种强烈的比照关系，互相映衬。并不是声音高亢的就是重要的。对比之下，个人的声音更具力量，来自独语者的表达是文雅的，抒情的，以及诗意的。

文学性或反大众

独语者具有魅力。在廖一梅剧作里，在时代的功利、市侩语境中，独语之人的执着坚持被放大、被深描、被注目。将相互矛盾的声音元素并置在一起，并不意味着简单地呈现。剧作家的态度蕴含其中。只有在杂糅风格中，廖一梅剧作的另一特征，抒情性，才会凸显。这种抒情性特征在《恋爱的犀牛》中表现得很充分，这也是廖一梅最为酣畅淋漓丰满复杂的剧作。主人公马路有大量的内心独白，成为剧场观众久久不能忘记的段落：

我爱你，我真心爱你，我疯狂地爱你，我向你献媚，我向你许诺，我海誓山盟，我能怎么办就怎么办。我怎样才能让你明白我如何爱你？我默默忍受，饮泣而眠？我高声喊叫，声嘶力竭？我对着镜子痛骂自己？我冲进你的办公室把你推倒在地？我上大学，我读博士，当一个作家？我为你自暴自弃，从此被人怜悯？我走入精神病院，我爱你爱崩溃？爱疯了？还是我在你窗下自杀？明明，告诉我该怎么办？你是聪明的，灵巧的，伶牙俐齿的，愚不可及的，我心爱的，我的明明……

这些表达是文学性的，它们与所有杂声相悖。那些诗句和抒情性独白表明，这位剧作家有着深厚的文学气质，廖一梅的话剧有内在的文学情怀。众声喧哗中的文学性表达是风格，更是态度。在独自的、忧伤的个人声音之后，是一个人对时代、对大众、对流行的拒绝和对抗。这也意味着，对于马路来说，"爱明明与否"已经不再关乎爱情，它变成了一种生活态度："我曾经一事无成这并不重要，但是这一次我认了输，我低头奄脑地顺从了，我就将永远对生活妥协下去，做个你们眼中的正常人，从生活中攫取一点简单易得的东西，在阴影下苟且作乐，这些对我毫无意义，我宁愿什么也不要。"那也是一种较量，不是两个青年男女之间的较量，是一个人和外在的所有一切的较量。

具有文学气质的独语者是属于廖一梅的个人标识。但这位剧作家还有她另外的个人锋芒。即她对大众审美的认识。她不将大众当成一个整体，借高辕之口，她争辩大众的多样："海洋不只是简单的海洋，而是由各种河流汇成；森林不只是简单的森林，而是由各种树木组成。人民和大众也不只是简单的人民和大众，他们当中有建筑师，心理医生，洗盘子的伙计，种棉花的农民，律师，小业主，诗人，锻工，牧羊人……"

她更不会把大众审美当成天大的事情加以膜拜。事实上，廖一梅借她的人物高辕之口表达过她对大众、公众和时尚的理解："公众从来没有自己的想法，公众都是人云亦云的。事实证明你只要说得有煽动性，再搬出几个专家来，一切都妥了。""记得尼采说过，疯狂就个人而言是少见的，但就集团、组织、民众和时代而言，却屡见不鲜。"她甚至曾激愤地说过，"大众审美是臭狗屎"，"因为产生原始的、质朴有力的大众审美的社会结构已经消失了。所有的传媒电视报纸网络时尚杂志推销的审美全部都来源于商业利益和政治利益，无一例外，所以在这个意义上，这种审美肯定是一个怪胎，肯定是狗屎。"——与文学气质并构的，是她的独特的先锋精神。

个人性与普遍性

写作、剧作对于这位作家而言是对内心自我的深入探寻。在她那里，自我并不是像我们想象的那么浅表，它是深井，有无数关于"我"的宝藏和秘密。对自我的探索是艰难的，需要经年累月的劳动，需要作者沉思、冥想，向更深更暗的无人造访处探进。痛苦在她这里，是有重量的,有质量的,是对生命的滋养。廖一梅和她剧作里的每一位主人公一样痛苦,备受熬煎。

对痛苦的迎面而立使廖一梅的人物在每一个决定面前都不会模棱两可,相反,他们坚定果决。她的人物对个人有清晰认知,她的每一个人都偏执,有自己的极致追求,她喜欢把她的人物推向绝境,像用鞭子抽着他们一样去认识自我,倾听内心的声音。这使廖一梅的戏剧具有了强烈的个人特征。这里说的个人特征不仅仅指的是创作者的主观性及个性,也包括她作为叙述者的强大主体性。无论她的戏剧中有多少人物出场,有多少互不相干的议论,她都能始终把控她的节奏,实现她始终的艺术理念:"我"决不向大众妥协。"我"要以最为极端的方式坚持"我"自己。她戏剧主人公的共性在于坚持自我,马路,明明,小优,男青年,以及碧浪达,他们从不听从他人劝告,他们听从自我内心的声音。

追求一种极端的个人化倾向,但并不追求那种独一无二的情感表达,她看重的是人类精神疑难的普遍性。这样的认识也决定了她只对真相,只对本质的东西感兴趣。思考,写作,透过那些浮泛的东西抵达更深入的内核。通过发现爱的真相而发现人的真相。发现真相,发现爱的真相,这是廖一梅作品最重要的艺术追求,这也是她的作品为何只关注人的内在面向,人的精神和灵魂的缘由所在。

发现真相，便是要辨析常态和变态，常态和变态与通常的定义不同。她的人物，马路，明明，高辕，陈天，男青年和女医生，以及碧浪达，在他人眼中都是怪物，都是变态。但在她那里，都是美好的人，多情的人，勇敢的人，敢于面对真相的人。

辨析常态和变态，就是剥离教育、习俗和规则给人身上的条条框框。廖一梅在试图以一种生动鲜活的方式表现这些人的存在。这具有创造性。她塑造的主人公即是那种打破各种模式横空出世的年轻人，是新鲜人类。他们喜欢"有创造力、有激情、不囿于成见的自由生活"。对于这些主人公，她选择寻找具象的、生动的、贴切的、具有指代性的东西表现，比如犀牛，比如琥珀。这种简约生动的形象使观众便于接受剧作者传递的意味。尽管难以深入理解，但却可以深深铭记。但是，也不得不说的是，与她的第一部剧作的酣畅淋漓相比，《琥珀》《柔软》显得不够丰满和灵动，剧情推动显得生硬和别扭。但即使如此，其剧作的异质之美依然值得赞赏。

在剧作中，如实地写下那些疑问、努力、挣扎、纠缠、迷恋和痛苦，以此确认自我的存在。这是这位剧作家的工作。"在现实生活之外，还存在着一个诗意的世界。我写书或写舞台戏剧，都是对那个诗意世界的想象和寻找。"那些在舞台上痛苦独语的人物，那大自然里稀缺的"犀牛",那经历风雨存留至今的"琥珀",都是廖一梅把自己从泥地里拔起来后建造的诗意世界。当她的主人公开口说话,当这个弱的、偏执的、不屈不挠地坚持自我的人开始表达,你会发现其中包含有她对狂躁现实的抵抗,一种不屈不挠的对平庸生活的超越。

* * * *

阅读版本:

廖一梅:《悲观主义的花朵》,江苏文艺出版社,2013年

廖一梅:《柔软》,中信出版社,2012年

廖一梅:《像我这样笨拙地生活》,中信出版社,2011年

廖一梅:《恋爱的犀牛》,新星出版社,2010年

附录

我为什么想成为"普通读者"

一

"我想成为普通读者。"我对自己说。旋即心里涌起好几个声音:"你现在的职业是批评家,你居然想做普通读者?""你的意思是,你现在不是普通读者而是特殊读者?""普通读者不是很简单吗,还需要成为?"

我所说的"普通读者"是特指的。"我很高兴与普通读者产生共鸣,因为在所有那些高雅微妙、学究教条之后,一切诗人的荣誉最终要由未受文学偏见腐蚀的读者的常识来决定。"这是约翰逊博士为"普通读者"下的定义,第一次读到,我就被那个"未受文学偏见腐蚀的读者"的命名击中。

二

　　2008年开始做当代文学批评时,我曾经写过一篇题为"以人的声音说话"的批评观。在那篇文章里,我认为,自上世纪90年代以来,当代文学批评形成了新模式:批评者们喜欢借用某种理论去解读作品——西方理论成了很多批评家解读作品的"拐杖",甚至是"权杖"。另一种模式是,批评家把文本当作"社会材料"去分析,不关心作品本身的文学性,不注重自己作为读者的感受力。这使文学批评沦为阐释理论或阐释"社会材料"的工作——一部作品是否具有"文学性",是否真的有感染力完全被忽略。

　　我当然不反对文学领域的学术研究,也不反对研究者对理论的学习与化用。但是,我反对教条主义。那些囿于理论与材料的批评文字只有理论的气息、材料的气息,而没有文学的气息、人的气息,它们是僵死的。假如专业读者赞美某部作品是基于它符合某种创作理论或创作理念,假如专业读者的文字必须长篇累牍让人读来云里雾里,假如专业读者总是刻板得像个机器人……那么,我为什么要做那个专业读者?

　　批评家是人,不是理论机器。在批评领域,在占有理论资源的基础上，人的主体性应该受到重视。文学批评不能只满足于给予读者新信息、重新表述前人思想，它还应该反映作者的脑力素质，应该具有对文本进行探秘的勇气与潜能。

　　正是在此意义上，我渴望成为"普通读者"。那种不受文学偏见和定见腐蚀的读者。在我心目中，这位普通读者看重作品的文学性，也看重批评家的主体性。因而，他／她的文字不是冷冰冰的铁板，它有温度、有情感、有个性、有发现。这位普通读者内心坦然、忠直无欺，他／她可以热烈赞美一部作品的优长，也能坦率讨论一部作品的缺憾。更重要的是，他／她深知文学批评也是一种创作，是一种文体；好的批评文字须生动细腻，须丰润丰盈，须缜密严谨，须"以人的声音说话"，须写得美。

三

　　这个世界上，每个人都有秘密。艺术家是幸运的一群，他们将秘密掩埋在作品里，用以和时代、和黑暗、和人性对话。我相信那个秘密是被层层包裹的，每代批评家都有责任掀开其中一层。当然，这秘密不只是作家本人的秘密，也是时代和人类社会难以言传的隐痛。

　　批评终极意义就是发现并勾描那个艺术的秘密。莫言小说中奇幻的民间性，贾平凹作品中难以转译的"中国性"，余华叙述声调里的秘密，铁凝对人性内面的洞察，王安忆对日常生活的重新发现，毕飞宇作品里的"寻常与不寻常"，格非小说中那种迷人的智性色彩和优雅气质，刘震云对存在意义的执迷，苏童对作为现实世界的凝视，阿来作为藏族作家的异质经验与普遍感受，韩少功的"重写人民性"，林白如何把"自己"写飞，迟子建怎样面对温暖又寒凉的世界……

在《持微火者》的上部，我勾画了当代十三位有代表性的作家。当然，作家的轮廓和形象都来自文本而非现实世界。最早一篇写于2007年，当时我制订了计划，希望每一年都系统读两至三位当代作家，写下笔记——总希望找到不同的入口去认识；总希望找到最适合的腔调和表达；总希望画得准确一点，再准确一点。几年过去，竟也写下了许多。这些文字一直在电脑里，从未发表。我的这些文字到底是写给谁呢？我一时说不清楚，大概就是写给我自己，又或者，是写给那些和我一样热爱文学的读者吧。

2012年夏天，在吉林延边开会时我遇到《名作欣赏》时任主编续小强先生，他邀请我开设随笔专栏。因为他所提供的作家名单与我的阅读笔记颇为吻合，于是，2013年这些作家画像便以"张看"的专栏形式在《名作欣赏》发表。读者们的热烈反馈真是出乎意料，于我，那是寒冬夜行时遇到的最暖心鼓励。

四

这些年来,我着迷于茫茫文字之海中的相遇。于我而言,每一次阅读都是一次寻找,都是一次辨认。——漫长旅途,如果运气够好,会遇到同路人的。那就有如荒原游荡后的久别重逢。当我们终于照见似曾相识的面容,听到久远而熟悉的言语,触到频率相近的心跳……真是再开心不过。也许就是一秒、一瞬,但已足够。

《持微火者》下部关于十二位当代新锐作家的创作。周晓枫文本里那颗"起义的灵魂",陈希我的"非常态"写作,魏微小说中的异乡感,廖一梅写在"生活之上"的剧作,冯唐如何用写作与时光博弈,鲁敏对暗疾之景的探取,徐则臣对人心最深最暗处的推进,张楚关于小城人民内心生活的讲述,曹寇关于生活本身常态与意外的理解,葛亮笔端"隐没的深情",郑小琼诗歌中号叫的力量,纳兰妙殊文字中的一往情深……当我写下这些作家的名字,我能清晰记起他们曾经带给我的惊异。

我看重并珍惜我遇到的每一位当代作家(并不只是这二十五位)。他们常常促使我点燃内心,反躬自省。因而,《持微火者》不仅仅是关于作家面影的勾描,也是我个人阅读生活的"结绳纪事"。

多年过去,我已视文学批评为自我教养、自我完善的重要方式。

五

《持微火者》中,一个一个作家面孔在我眼前闪过,那是美好的文学此刻;当二十五个人的面孔排列在一起,那是当代文学瞬间与瞬间的连接,片刻与片刻的交汇。而之所以以"持微火者"作书名,缘于我对写作的理解。在我眼里,每一位作家手里都有个神奇的火把,它吸引读者一起闯进晦暗之地。最初,读者往往被那些最耀眼的火把吸引,但慢慢地,我们会发现它的刺目。我更喜欢微火,这是我的个人趣味使然。微火的姿态是恰切的,它的光线也更适宜。读者有机会观察被微光反射的作家面容,注意到他的脸上有隐隐不安划过。

是的,《持微火者》是我渴望成为普通读者的开始。我提醒自己不以"见山不是山,见水不是水"的专业读者自居,我提醒自己与批评家自身的虚荣、教条与刻板搏斗,我尝试放弃论文体和"学术腔"而使用随笔体和"人的声音"……将我们时代生活中属于文学的"微火"聚拢,我渴望它们成为一种心灵之光:在这个光亮面前,我希望与读者一起感受文学本身的美;我希望和读者一起勾画有血有肉、有呼吸的文学图景,辨认此时此刻作为人的自我、认清作为人的自身。

虽不能至，心向往之。

六

突然想到很多年前的夜晚，在一个乡下的旅游景点。繁星点缀的天空，冲天的焰火，满山遍野的欢呼声。节目结束后我选择另一条路下山。就是在那里，我看到了微暗的火把。它们在不远处的角落，星星般跃动，借助那些微暗之火，我看到新鲜的树林、草丛、花朵、山石以及斑驳的暗影。那是我白天未曾见到、夜晚也从未留意过的场景。

我固执地认为，与璀璨火光有关的欢呼属于每一个人，而角落里微光带来的惊奇则属于我自己。我迷恋微火，更迷恋被微火照亮的山色。

2016年5月4日于天津

（编者按：本文系作者为《持微火者》初版所写，本次修订版在篇目上有所调整）